追放王子の英雄紋！ 5

～追い出された元第六王子は、実は史上最強の英雄でした～

A L P H A L I G H T

雪華慧太

Yukihana Keita

アルファライト文庫

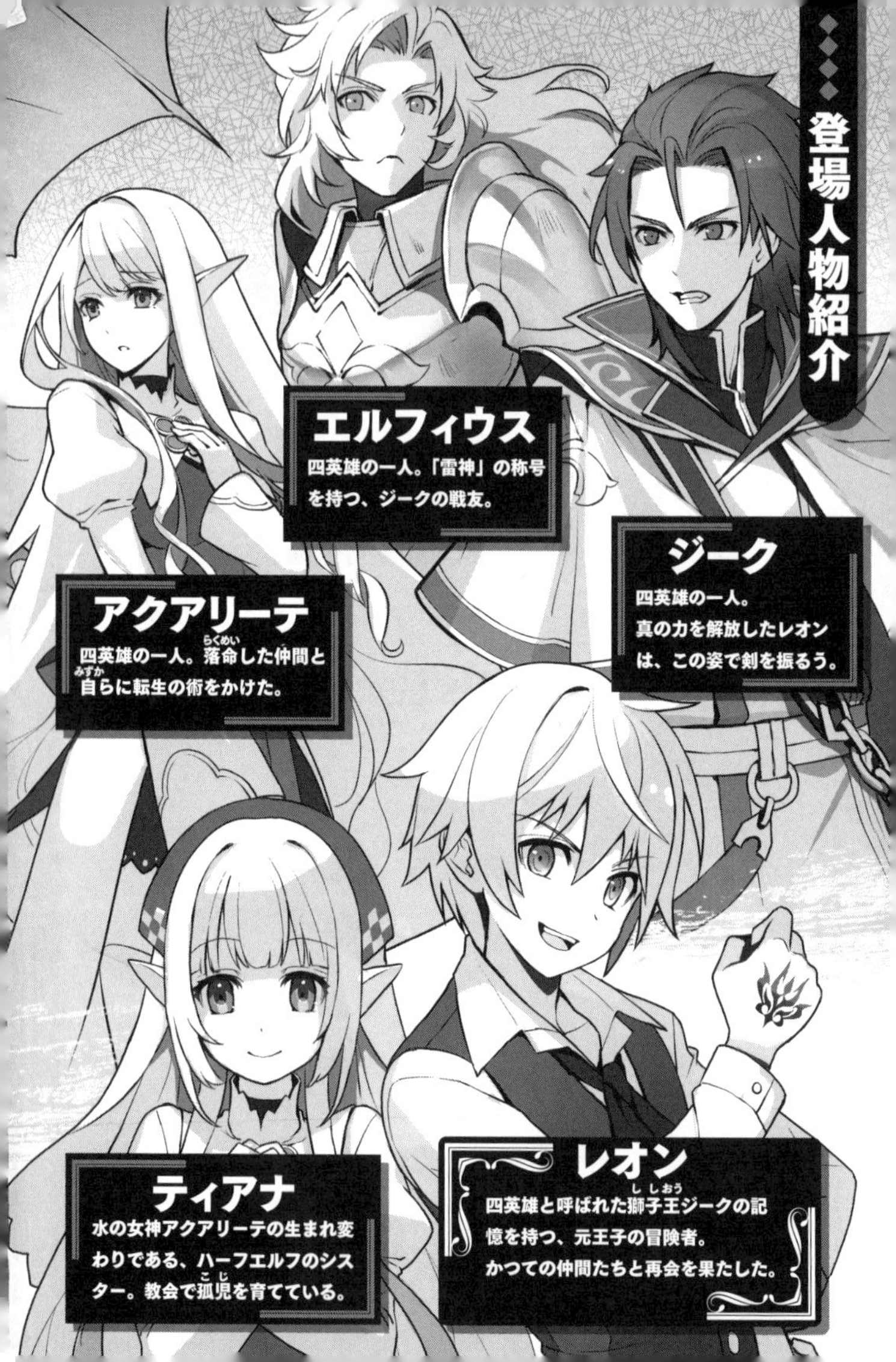
登場人物紹介
エルフィウス
四英雄の一人。「雷神」の称号を持つ、ジークの戦友。
ジーク
四英雄の一人。真の力を解放したレオンは、この姿で剣を振るう。
アクアリーテ
四英雄の一人。落命《らくめい》した仲間と自《みずか》らに転生の術をかけた。
ティアナ
水の女神アクアリーテの生まれ変わりである、ハーフエルフのシスター。教会で孤児《こじ》を育てている。
レオン
四英雄と呼ばれた獅子王《ししおう》ジークの記憶を持つ、元王子の冒険者。かつての仲間たちと再会を果たした。

ジュリアン
アルファリシアの第二王子にして教皇《きょうこう》。レディンと手を組み、新世界を築《きず》こうとする。
レディン
「光帝」と呼ばれた四英雄でありながら、魔神となった裏切者。ジークの父でもある。
四英雄を取り巻く人々
フレア
シルフィ
ロザミア
ミネルバ
レイア
オリビア
ゼキレオス

1　死闘《しとう》

俺の名前はレオン。古《いにしえ》の時代に最強と呼ばれた四英雄の一人、獅子王《ししおう》ジークの生まれ変わりだ。

辺境《へんきょう》の小国バルファレストの第六王子として生まれた俺は、無慈悲《むじひ》で性悪《しょうわる》な兄たちを打ちのめし、かつての仲間を探《さが》すために、相棒《あいぼう》である二人の精霊《せいれい》——フレアとシルフィと一緒に大国アルファリシアへと旅に出た。

そこで出会ったハーフエルフのシスターのティアナや、翼人《よくじん》の元聖騎士《せいきし》ロザミアと冒険者パーティを組んだ俺は、人と魔を融合《ゆうごう》する禁呪《きんじゅ》、人魔錬成《じんまれんせい》を使う闇《やみ》の術師と対決することになった。

その結果、大国の女将軍ミネルバや剣聖《けんせい》の娘レイア、そして王女オリビアの目に留《と》まり、国王ゼキレオスとも謁見《えっけん》を果たすことになる。

そして、国王からアルファリシア王家に伝わる秘密を知らされた。それは、王宮の地下に広がる巨大な地下神殿《しんでん》の存在であり、俺はその地で、思いがけない人物と再会した。

そう、友であり同じ四英雄の一人、雷神《らいじん》エルフィウス……そして、もう一人、俺の父であり光帝《こうてい》レディンと呼ばれた男と。そこで俺は知ることになる。二千年前に俺の生みの母を殺し、育ての母であるアデラを殺した男がレディンであることを。

激《はげ》しい怒りの中、俺はレディンと剣を交える。だが、レディンと、闇の術師でありこの国の第二王子でもあるジュリアンの術により劣勢《れっせい》に追い込まれる。

絶体絶命《ぜったいぜつめい》の状況の中、現れたのは意外な人物、ティアナだった。その右手には青い紋章《もんしょう》が輝き、そして彼女の姿は次第に、かつて水の女神《めがみ》と呼ばれたアクアリーテのそれへと変わっていった。封印《ふういん》された記憶を取り戻したアクアリーテと共に、魔神と化したレディンと対峙《たいじ》する俺とエルフィウス。

まるで運命に導かれるかのように四英雄が一堂《いちどう》に会《かい》したこの地で、今、全てを懸《か》けた戦いが始まろうとしていた。


大国アルファリシアの地下深くに築《きず》かれた神殿の、更《さら》に奥にある地下庭園。地上と見まごうばかりのこの巨大な場所で、俺たちの前に立ちふさがるレディン。その背中には、悪魔のような黒い翼と天使のような白い翼が広がっていく。

それは三対あり、合計で六枚の翼だ。奴の右手には闇の紋章、そして左手には光の紋章が輝いている。

その体が放つ力が、大地を揺《ゆ》るがし、この地に亀裂《きれつ》を刻《きざ》み始めていた。

裂《さ》け目からは赤い光が放たれ、まるで地獄《じごく》の蓋《ふた》が開こうとしているかのようにさえ見えた。

奴は傲慢《ごうまん》な瞳でこちらを眺《なが》め口を開く。

「余《よ》は神を超《こ》えた存在となった。この世界を破壊し、新しい世界を築く。余を崇《あが》めよ」

その力はかつて戦ったレディンの正体《しょうたい》、魔神ゼフォメルドを遥《はる》かに超えている。

まさに神さえも超越《ちょうえつ》した奴の姿に、フレアは身構え、白狼となったシルフィは全身の毛を逆立《さかだ》てている。

「なんて力なの……」

「化け物だわ、こんなの」

俺たちの後ろに下がっているゼキレオス、オリビア、ロザミア、ミネルバ、レイアも息を呑《の》んで成《な》り行きを見守っている。

それを眺めながら、ジュリアンは高らかに笑った。

「ふふ、逃げても構いませんよ。四英雄の貴方《あなた》たちなら、もしかしたら破壊される世界の中で、最後まで生き残ることが出来るかもしれない。安心なさい。全てが終わった後、私と彼が新しい世界を築きます」

そう語ったジュリアンの目は妖《あや》しく、そして恍惚《こうこつ》としている。ジュリアンはこの地を約束の地と呼んでいた。奴が築こうとしている新世界というのが何なのか、それは俺には分からない。

だが……

俺は息を吐き出すと、アクアリーテとエルフィウスを見つめた。

エルフィウスは拳《こぶし》を握《にぎ》り締《し》め、覚悟を決めたように真っすぐに前を見る。

「あの時と同じだな。だが答えはもう決まっているのだろう？　ジーク」

アクアリーテと俺は頷《うなず》いた。

「ええ、そうよ」

「ああ、答えはいつだって俺たちの心の中にある」

俺たちの命がここで燃え尽《つ》きたとしても、決して逃げるつもりはない。

二千年前、俺の師であるアデラが命を懸けて戦ったように、ロザミアやチビ助たち、仲間や家族がいるこの世界を守り抜く。

決意を固めて奴の前に立つ俺たちを眺めながら、レディンは嘲笑《あざわら》う。

「愚《おろ》か者め。三人まとめて殺してやろう」

俺は奴を見上げた。

「レディン‼」

奴の両手の紋章が強烈《きょうれつ》な光を帯《お》びていく。

同時にアクアリーテとエルフィウスの紋章も輝きを増し、俺の紅蓮《ぐれん》の紋章と共鳴するかのように強い光を放った。

その光の中で、俺はアデラが俺の手の上に自分の手を乗せている姿を見た。

「ジーク、男の顔になったね。私もあんたと戦うよ。たとえ魂《たましい》の一欠片《ひとかけら》になっても最後までね」

「ああ、アデラ……ありがとう母さん」

俺はずっと言えなかった言葉を彼女に言った。

俺を産んでくれた母親と同じように、彼女も俺にとって大切な母だった。

その言葉にアデラが笑ったような気がした。

「おおおおおおおおお！！！」

全身全霊《ぜんしんぜんれい》の力を込めて俺は剣を握り締める。

両手に紅蓮の紋章が輝き、光を増していく。

それは限界を超えて閃光《せんこう》を放ち、その瞬間、俺の額《ひたい》には白く輝く紋章が浮かび上がった。

まるで彼女の力を継承《けいしょう》したかのように。

レディンがそれを見て眉《まゆ》を動かした。

「何だと……この力は！！？」

「お前のために数え切れぬほどの命が失われた。たとえここでこの身が滅《ほろ》んだとしても俺は必ずお前を倒す！　獅子王の名において、今日この地で全ての因縁《いんねん》に決着をつける‼」

行くぞ、レディン！！！」

その瞬間、俺たちは全てを懸けて奴の懐《ふところ》へと飛び込んでいった。

「ジーク！　私も感じるわ、アデラの力を。アデラ、私たちに力を貸して！　我らに祝《しゅく》福《ふく》を‼」

アクアリーテの声が辺りに響《ひび》くと、地面に青く美しい魔法陣が広がっていく。

同時に俺とエルフィウスの体が、彼女の祝福による強力な加護《かご》に包まれる。

俺たちの力が限界を超えて高まっているのが分かった。

二千年前よりも更に強く。

「行くぞ、エルフィウス！」

「おお！　ジーク‼」

俺とエルフィウスは凄《すさ》まじい勢いで踏《ふ》み込むと、レディンの胴を左右から切り裂いた。

あまりのスピードに、この場にいる者の殆《ほとん》どには、まるで俺たちが瞬間移動したかのように見えたことだろう。

ミネルバとレイアが声を漏《も》らす。

「なんという力だ！　これが四英雄、レオンの真の力か……」

「ええ、彼らならきっと‼」

紅蓮に燃える炎が渦《うず》を巻き、バチバチと音を立てる雷が辺りに広がっていく。

それを見てシルフィが叫んだ。

「やったわ！　ジーク!!」

俺たち三人の全てを懸けた今の一撃は、何者であろうとかわすことが出来ない攻撃のはずだ。

たとえそれが超越者を名乗る者であろうとも。

フレアの顔にも歓喜《かんき》の表情が浮かんだ。

「ジーク!!」

仲間であるエルフィウス、そしてアクアリーテが揃《そろ》い、俺のことをかつての名で呼ぶようになったフレアとシルフィ。思わずこちらに駆《か》け寄ろうとするフレアの姿を俺の瞳が捉《とら》えた。

「まだだ、フレア！　来るな!!」

俺の叫びに、フレアはその場に立ち止まる。

「え？」

そう呟《つぶや》いて、彼女は上を見上げる。そして、立ちすくんだ。

俺たちが切り裂いたはずのレディンの姿は、目の前からすでに消えている。

フレアを立ち尽くさせたのは俺の叫びではない。

上空から感じられる気配だ。

もはや人ではないあの男が発する禍々《まがまが》しい霊気《れいき》と魔力。それが、更に膨《ふく》れ上がっていく。

雷と化し剣を握っているエルフィウスが呻《うめ》く。

「馬鹿な……あの一撃をどうやって」

頭上にいるレディンの瞳がフレアを捉え、その六枚の翼が大きく広がっていった。奴の声が低く響く。

「愚《おろ》かな小娘よ。我らの戦いの場に足を踏み入れるなど、万死《ばんし》に値《あたい》する。これは二千年前の、いや全ての決着をつけるための聖戦《せいせん》なのだからな」

レディンのその言葉を聞き、シルフィが叫ぶ。

「フレア‼　危険だわ、そこから離《はな》れて！」

これまでの数々の戦いを乗り越《こ》え、フレアの力は高まっている。

鬼神《きしん》と呼ばれた母、ほむらさえも超えるほどに。

だが、レディンの瞳が放つ異様な霊気が、金縛《かなしば》りにかけたかのようにフレアをその場に凍《こお》り付かせる。

そんなフレアにレディンが死の宣告をした。

「まずはそなたから死ぬがいい」

奴の気配に気圧《けお》されながらも必死に薙刀《なぎなた》を構えるフレアの姿を見て、俺は猛然《もうぜん》と彼女のところに駆け出した。

「フレア‼　うぉおおおおおお‼」

吼《ほ》えるような俺の叫びと同時に、レディンが上空から何かを放つ。

アクアリーテの声が背後で聞こえた。

「絶対零度氷壁《ぜったいれいどひょうへき》‼」

祈るような声と共に、フレアの頭上に巨大な氷の盾《たて》が作り出された。

しかし、その強力な盾をも貫き、レディンが放った何かがフレアに迫《せま》る。

「いやぁああああ‼　フレアぁああ！！！」

シルフィの悲鳴が辺りに響いた瞬間、俺の剣が奴の放ったものを受け止めていた。

「ジーク‼」

俺の後ろで薙刀を構えているフレアが声を上げる。

「フレア！　大丈夫か？」

「え、ええ……ありがとうジーク。貴方がいなかったら私、死んでいたわ」

フレアを襲《おそ》ったのは奴の翼《つばさ》だ。

その背から生《は》えた翼の一枚が大きく伸《の》びて、鞭《むち》のようにフレアを襲ったのだ。

それは剣よりも鋭《するど》く、まるで変幻自在《へんげんじざい》の刃《やいば》だ。

そこに込められたおぞましく膨大《ぼうだい》な霊気を感じて、勝気なフレアの声が震《ふる》えている。

上空からこちらを睥睨《へいげい》しながら、レディンが笑う。

「ほう、これを受け止めるとは。まだ少しは楽しめそうだな、ジーク」

長く伸びた翼を背中に戻すと、レディンは笑《え》みを浮かべる。

「だが、余の翼は一枚だけではない。お前たちに待ち受けるのは逃れられぬ死だ」

確かに奴の言う通りだ。

もし、あの六枚の翼を今と同じように自在に操《あやつ》れるとしたら、それはまさに攻防一体の死の刃だ。

その全てを防ぎ切って奴の懐に飛び込めるかどうか。

そして、仮に奴の傍《そば》まで迫ったとしても……

エルフィウスも同じことを考えているのだろう。

上空で翼を広げている奴を睨《にら》みながら低い声を上げる。

「あの時、俺とジークの剣は確かに奴を捉えた。それが何故《なぜ》、一体どうやってかわしたのだ？」

そうだ、確かに俺たちはレディンを捉えた。

いくらレディンとはいえ、この世に肉体が存在する限り、あの状況で俺たちの攻撃を同時にかわせるはずがない。

だとすれば……

俺はレディンを睨みながらエルフィウスに答えた。

「答えは一つしかない」

俺の言葉を聞いて、レディンは笑みを浮かべる。

「気が付いたか？　流石《さすが》だなジーク。エルフィウスよ、感謝するぞ。余は、そなたの目を通じてこの技を見た。獅子王と呼ばれる男の秘奥義《ひおうぎ》をな」

それを聞いてエルフィウスは呻いた。

「まさか！　あれはジークの……」

俺は友の言葉に頷く。

「ああ、陽炎《かげろう》だ。間違いない、奴は俺たちが左右から剣を振ったその瞬間、一瞬だが空間を歪《ゆが》め俺たちの攻撃を逸《そ》らし避《さ》けた」

陽炎というのは俺の秘奥義だ。

この地下神殿に入った後、レディンに操られていたエルフィウスと戦った時、その秘奥義である六星死天翔《ろくせいしてんしょう》を破《やぶ》るために使った技だ。

「馬鹿な……いくら奴とはいえ、お前の秘奥義を一度見ただけで」

「それだけじゃない。俺の陽炎は敵の攻撃を一瞬別次元に逸らす技だ。だが、奴は俺たちの攻撃を陽炎でかわした後、完全に気配を消した。その間、再び姿を現すまで奴の体はこちらの世界には存在しなかったということだ」

奴はほんの僅《わず》かな時間とはいえ、自身の肉体さえも別次元へと移動させ、こちらの攻撃を避けたように見えた。

その証拠《しょうこ》に、奴の気配が完全に消えた直後、奴は地上から上空へと移動さえしている。

もしそうであれば、その差はあまりにも大きい。

超越者として覚醒《かくせい》した奴の力が、それを可能にしているのだろう。

エルフィウスは拳を握り締めながら言った。

「だとすれば、もう一度奴の懐に飛び込めたとしても……」

「ああ、奴は確実に俺たちの攻撃をかわすだろう」

フレアが唇《くちびる》を噛《か》み締めながらこちらを見つめる。

「そんな‼　だったらどうすれば……ジーク！」

思わず言葉に詰《つ》まる。

もし、次に俺たちの攻撃がかわされたら、それはこの場にいる全ての者が死ぬ時だ。

先ほどは奴も初めて使う陽炎に意識を集中していただろう。

だが、二度目はない。

奴に攻撃が当たらないだけではない。

全身全霊の力を込めて再びレディンの懐に飛び込んだ時、奴は陽炎を発動し、その体を俺たちの死角へと運《はこ》ぶだろう。

そして、奴の背の六枚の翼が長く伸び、鋭い刃のついた鞭のようにそれはしなると、俺たちを切り裂いた後、この場にいる全ての者をも切り裂く。

俺がエルフィウスの秘奥義を破ったのと同じように、渾身《こんしん》の一撃を放った後に生まれる隙《すき》を奴が見逃すはずはない。

今こちらから飛び込めば、奴の言う通り、待ち受けるのは死だけだ。

だが、奴の攻撃を受け続けたとしても、いずれはこちらが力尽きるだけだ。

なら、一体どうすれば……

レディンは酷薄《こくはく》な瞳でこちらを眺めている。

「くくく、かつて星読《ほしよ》みであるオーウェンは愚かにもこう告《つ》げた。そなたが地上に眩《まばゆ》く輝く星になるとな。だが、見よ。余こそが天空に最も強く、そして美しく輝く星なのだ。我より輝く星など決して許しはせぬ」

そう言うとレディンは六枚の翼を広げて俺を見下《みお》ろす。

ジュリアンに見せられた俺の過去の記憶。星読みであるオーウェンを殺し……そして俺の母親を殺した時の奴の目を俺は思い出した。

その上アデラさえも手にかけた。

この男だけは許すわけにはいかない。

「死ぬが良い、ジーク‼」

「レディン‼」

俺は剣を握り締める。

そして、エルフィウスも再び剣を構えた。

「来るぞ、ジーク！」

「ああ、エルフィウス！」

その刹那《せつな》、俺たちの周囲の大地が切り裂かれる。

奴の六枚の翼が伸び、その恐るべき刃が周囲を切り裂いたのだ。

それはまるで黒い影の刃と、白い光の刃だ。

俺の身を案じたロザミアの悲鳴のような声が辺りに響き渡る。

「主殿《あるじどの》ぉおおお！！！」

彼女たちは見ただろう。

刃と化した六枚の翼を広げる超越者と、その周囲に現れた無数の俺たちの残像《ざんぞう》を。

ぶつかり合う奴の翼と俺たちの剣。音速を遥かに超えた死闘が作り出した火花が強烈な光を放つ。

そして、俺たちを支えるために祈り続けるアクアリーテの姿は、血塗《ちぬ》られた死闘の中でも神聖な美しさを放っている。

微動《びどう》だにしないその表情は、俺たちを信じている証《あかし》だ。

俺とエルフィウスが全ての翼の刃を打ち返し、決して彼女や仲間のもとへは届かせない。

そう固く信じる心が高い集中力を揺るぎないものに変えている。

祈り続ける彼女の魔力が俺たちに更なる力を与えた。

その時、ジュリアンの恍惚とした声が辺りに響いた。

「ふふふ、強い。これが四英雄。まさかこれほどとは。獅子王と雷神、この極限《きょくげん》の死闘の中で二人で互《たが》いの死角を補《おぎな》い合い、あの翼の刃と陽炎の発動を封《ふう》じている。それに水の女神。己の頬《ほお》を掠《かす》めるほどに刃が近づいても、その瞳すら揺らぐことがない。なんと美しい。生が死が、そして美が今ここにある」

ジュリアンが言うように、これはまさに極限の死闘だ。

もし陽炎で奴が俺やエルフィウスの死角に現れれば、そこをもう一人が仕留《しと》める。

仮に俺たちのどちらかを倒せたとしても、その瞬間奴も死ぬことになる。アクアリーテを狙《ねら》ったとしても同じだ。

超越者を気取るレディンが相討《あいう》ちを望むとは思えない。

これは俺とエルフィウス、そしてアクアリーテが三位一体《さんみいったい》となった絶対防御の布陣《ふじん》だ。

僅かな油断や陣形《じんけい》の崩《くず》れが俺たちの命を奪《うば》うだろう。

だが、この死闘の中で勝機を見つけるしか方法はない。

俺が強く剣を握り締めると、両手の紅蓮の紋章と、額の白い紋章の輝きが増していくのが分かる。

奴の翼の攻撃を辛《かろ》うじて見切りながらも、俺とエルフィウスの体には浅い傷が幾《いく》つも刻まれていった。

◇◆◇◆◇

目の前で繰《く》り広げられるレディンとジークたちの攻防。そんな中、傷ついていく主の姿を見て、フレアとシルフィ、そしてエルフィウスの使い魔である神獣《しんじゅう》オベルティアスは叫んだ。

「ジーク‼」

「アクアリーテ!」

「主よ‼」

これまでの戦いの中で深手《ふかで》を負《お》ったオベルティアスだが、アクアリーテの力でなんとか戦えるほどに回復をしたようだ。

それは神獣と呼ばれる存在だからこその生命力と言えるだろう。

フレアは唇を噛む。

(なんて戦いなの。今、私が行ってもジークの力になれないかもしれない……だけど‼)

地下での戦いで凄まじい力を発現するほど成長したフレアでさえ、今の四英雄たちには遠く及《およ》ばない。

その中心にいるのはやはりジークだ。

人の子でありながら二つの紋章を身に宿すほどの魂の力。彼の魂に共鳴するかのように
アクアリーテやエルフィウスの力も限界を超えて高まっている。

二千年前のレディンならば確実に倒すことが出来ただろう。

だが、今彼らが死闘を繰り広げているのは、以前とは比べ物にならない相手だ。

次第に傷ついていくジークの姿を見て、フレアは胸が締め付けられる。

（ジークはいつだって私と一緒にいてくれた。楽しい時も、そして悲しい時も……）

独《ひと》りぼっちだった自分の手を握ってくれた母のほむら。そしてほむらが命を落とした後、
その手を握ってくれたのはジークだ。

「ジーク、貴方を死なせたりしない！　この命に代えても‼」

傍にいるシルフィを見ると、彼女もフレアと同じ気持ちなのがその瞳を見れば分かる。

「フレア……」

「ええ、シルフィ‼」

傷ついていくジークのもとに思わず駆け付けようとする精霊たちの前に、ジュリアンが
神龍《しんりゅう》の翼を広げ立ちふさがる。

「無粋《ぶすい》な真似《まね》を。ここから先は通しませんよ。ふふ、それに貴方たちが行ったところで足

手まといになるだけ。あのゾルデと邪龍《じゃりゅう》バディィリウスを倒した力は認めますが、今の彼らの足元にも及ばない。貴方たちの相手であれば私で十分です」

ゾルデと邪龍バディィリウスとはジュリアンの手駒《てごま》であり、フレアとシルフィにとっては故郷を滅ぼした仇《かたき》だ。覚醒した二人の力でようやく葬《ほうむ》ることが出来た敵である。

しかし、力の差など二人は百も承知《しょうち》だ。

フレアはジュリアンに向かって叫んだ。

「どきなさい！　ジュリアン‼」

彼女が手にした炎を纏《まと》った薙刀が、ジュリアンに向かって振るわれる。

ジュリアンがそれを笑みを浮かべながらかわすと、同時に白い疾風《しっぷう》が彼の首筋を襲う。

シルフィだ。邪龍バディィリウスを倒したフェンリルクイーンの牙がジュリアンの首を刎《は》ねたかと思えたその瞬間、彼が手にした金の錫杖《しゃくじょう》がシルフィの牙をはじき返す。

大国アルファリシアの美しき教皇《きょうこう》は、舞うように精霊たちの攻撃をいなしながら静かに口を開いた。

「見事ですね。ですが、それでは私は倒せませんよ」

そんなジュリアンの死角となる頭上から声が響く。

「我らを舐《な》めるなよ、ジュリアン‼　貰《もら》ったぞ！」

そこにいるのはオベルティアスだ。

雷を体に纏い、それを一気にジュリアンに向かって落雷《らくらい》させる。

フレアとシルフィを囮《おとり》に使い、死角をとる。

三人の鮮《あざ》やかなコンビネーションに思わず上を見上げるジュリアン。彼を目掛け降り注ぐ雷に、オベルティアスは勝利を確信した表情を浮かべる。

（やったか？　いやたとえ生きていても、これならばもはや動けまい）

だが、その表情はすぐに驚愕《きょうがく》の色に染《そ》まっていく。

「馬鹿……な」

そこにあったのは、雷を帯びながら白い翼を広げるジュリアンの姿。彼は妖しい光を宿した目で精霊たちとオベルティアスを見つめる。

「ふふふ、貴方たちこそ賢者《けんじゃ》の石と神龍ルクディナの力を侮《あなど》らないことです。彼女は、邪龍バディリウスなどとは違う。龍族の中でも特別な存在なのですから」

オベルティアスは、ジュリアンの額に輝く賢者の石と、背中に広がる神龍の翼を眺めながら呻く。

「信じられぬ。いくら四英雄の血を引く王家の人間とはいえ、只《ただ》の人間がどうしてこれほどの力を」

そんな神獣の姿を眺めながらジュリアンは、再び笑みを浮かべた。

「それに、貴方たちは主の心配をしている暇《ひま》などありませんよ。言ったはずです、ここから世界の終わりが始まると。そして、もうその種は蒔《ま》かれているのですから」

「種ですって？」

ジュリアンの言葉にシルフィが訝《いぶか》しげに身構えた。

（一体、何のことなの？）

シルフィの問いにジュリアンは優雅《ゆうが》な仕草で答える。

「周りを見てご覧《らん》なさい。あの六枚の翼が生み出すのは、刃による死だけではありません。そこから生み出される生が、この世界の終わりを告げる種子となるのです」

精霊たちは思わず周囲を見渡す。

そしてフレアは、自分たちがいる地下庭園の中に起きている異変に気が付いた。

「これは……シルフィ！」

激しい死闘を繰り広げているレディンとジークたち。

彼らを中心に、白と黒の羽根が周囲に舞い散《ち》っているのが分かる。

それは、レディンの背の六枚の翼が生み出したものだ。

刃として振るわれるそれが、ジークたちの剣と激突《げきとつ》することによって光と闇の羽根を撒《ま》き散らし、ともすると幻想的とさえ言える光景を周囲に生み出している。

シルフィも辺りを見渡し呟いた。

「ええ、フレア」

（まさか、これがジュリアンが言っている種だとでもいうの？　分からないわ、一体どういう意味なの……でも、この羽根からは何かを感じる。嫌な予感がするわ）

胸騒《むなさわ》ぎを感じる精霊たちの周囲に舞い散る羽根は、番《つがい》を見つけるかのように光と闇のそれが一枚ずつ結《むす》びつき、絡《から》み合って地上へと落ちていく。

そして地へ落ちた羽根は、羽毛を植物の根のごとく伸ばしていく。

伸びた羽毛は、地下から溢《あふ》れ出る赤い光を養分にして大きく成長していく。

異様な光景にミネルバとレイアは、主である国王ゼキレオスと王女オリビアを守るように警戒《けいかい》を強め剣を握る。

「一体何なのだこれは！」

「ミネルバ様！　あれを見てください‼」

地に落ちて根を張り、成長していくそれは次第に長細い球体を形作っていく。

彼女たちの周りも無数の羽根が作り上げた不気味な球体で埋《う》め尽くされていく。

ミネルバは息を呑んだ。

「これはまるで……」

「ええ……ミネルバ様。これは繭《まゆ》です」

レイアのその言葉にミネルバは頷いた。

「ああ、だが大きすぎる」

それは一部の昆虫《こんちゅう》が作り出す繭に似ている。

しかし、そのサイズは通常の繭とは比較にならないものだ。

優《ゆう》に人間一人は中に入るであろうそれは、いたるところで根を張り、羽毛が繭を包む糸となってそれをくるんでいる。

そして、鼓動《こどう》しているかのように赤い光をその中で放っていた。

周囲を取り囲む異様な光景に、ミネルバは背筋《せすじ》を凍らせながらその光を眺めた。

(あの光は何だ？　まるで中に何かがいるような息遣《いきづか》いを感じる)

だが、そうだとしたら一体何が。

言いようのないおぞましさを感じて、レイアは身を震わせた。

もし、あそこから這《は》い出てくるものがいるとすれば、それは決して自分たちとは相容《あいい》れない存在だ。

レイアにはそう思えた。

フレアとシルフィは目の前に立ちはだかるジュリアンに向かって叫ぶ。

「あれは一体何なの‼」

「答えなさい！　ジュリアン‼」

精霊たちの言葉にジュリアンは嫣然《えんぜん》と笑うと答えた。

「ご覧の通り繭ですよ。ですが、そこから生まれる者は貴方たちの知らぬ異形《いぎょう》の者たちです。この世界の破壊を司《つかさど》る魔神の使徒《しと》とでも名付けましょうか」

「異形の者……」

「魔神の使徒ですって⁉」

衝撃《しょうげき》を受ける精霊たちの前でジュリアンは続けた。

「あの繭から孵《かえ》った者たちは魔神の使徒となり、この世界を完全に滅ぼします。ふふ、まずは手始めにこのアルファリシアが。この地に住む生きとし生けるものが、新《あら》たな世界が生まれるための贄《にえ》となるのです」

それを聞いて激怒《げきど》の声を上げたのはオリビアだ。

「贄ですって？　ふざけないで！　一体どれほどの人々がこの地に暮《く》らしていると思っているの‼」

アクアリーテに救われたものの、一度はジュリアンの手で胸を貫かれまだ完全には生気が戻っていない父王をその腕に抱《だ》いて、涙を流しながら怒りに震えている。

「貴方は悪魔だわ、ジュリアン！　私は貴方のことを絶対に許さない！！」

魔神と英雄たちの世界の命運を懸けた戦い。そして不気味に息づく巨大な繭に囲まれたこの状況。普通の王女であれば気を失ってもおかしくないだろう。

だが、美しい顔を毅然《きぜん》と弟に向けて声を上げるのは、彼女の王族としての矜持《きょうじ》の高さを表している。

この国に生きる者たちの命を守ろうとする王女としての責務《せきむ》と意志が、その横顔には込められていた。

そして、命を懸けて魔神と戦っているジークを見つめる。

（レオン。どうかこの地に、いいえ世界に救いを‼　祈ることしか出来ない私を許して……）

出会った時に彼は、オリビアを無礼《ぶれい》なレオナール将軍から守るようにしてその腕に抱いた。

その時覚えた不思議な感情を思い出す。

そして、彼と一緒にいると、自分が王女でいることさえも忘れられたことを。

「レオン……」

オリビアはこの時、はっきりと自分が彼を愛していることに気が付いた。

（ああ、神よ！　私の命を捧《ささ》げてもいい。どうか、彼らに力を！）

必死に祈る娘の姿を見て、まだ青ざめた顔をしている父王はゆっくりと身を起こした。

「お父様！」

「止めるでないリヴィ。そなたがレオンの無事を祈らずにはおられぬように、ワシにも王としてやらねばならぬことがある」

そう言うと、ゼキレオス王はオリビアの腕を振りほどいて立ち上がる。

そして、腰から提《さ》げた剣を抜いた。

それはレオンとの腕試《うでだめ》しの際に折れてしまった大剣ほど立派なものではないが、騎士王と呼ばれたゼキレオスが使うに相応《ふさわ》しい見事な剣である。

横顔はまだ蒼白《そうはく》ではあるが、王として、そして武人としての威厳《いげん》が深く刻み込まれている。

そんな国王を見て、傍に控《ひか》えていたミネルバも立ち上がった。

「陛下《へいか》！」

ミネルバの言葉にゼキレオスは頷く。

「ミネルバよ、分かっておるな。レオンたちが、精霊たちが命を懸けて戦っておる。ならば、我らとてこの命を投げうってでも悪魔どもが地上に這い出るのを防がねばならぬ！」

「はい、陛下‼」

僅かな躊躇《ためら》いもないミネルバのその返事と、彼女の後ろに立って同じように一礼するレイアの姿を見て、ゼキレオスは笑みを浮かべた。

その表情は国王としてのものではない。

一人の人間として、二人にしっかりと向き合って語り掛ける。

「ミネルバよ、そしてわが友ロゼルタークの娘レイアよ。オリビアと共に、そなたたちを娘のように思ってきた」

王の言葉にミネルバもレイアも涙を浮かべる。

ゼキレオスは決意を込めた目で二人を見つめる。

「すまぬな。この国の民のため、そなたたちの命をワシにくれ」

ミネルバとレイアは敬礼《けいれい》をすると、微笑《ほほえ》んだ。

「騎士となったその日から、もとより承知の上です」

「お供《とも》します、陛下！」

そして、ゼキレオスはミネルバの傍に立つロザミアに言った。

「ロザミア殿、そなたは優《すぐ》れた翼人の聖騎士だったと聞く。この地に生きる者たちのため、そなたの力を貸してはくれぬか？」

国王の言葉に、ロザミアは死闘を繰り広げているジークを見つめると頷いた。

「ゼキレオス陛下、私は最初からそのつもりだ。主殿は魔族の眷属《けんぞく》と化し全てを諦《あきら》めていた私に、もう一度笑顔をくれた。この命はその時からもう、主殿のために使うと決めている」

迷《まよ》いのない瞳で、ロザミアは腰から提げた剣を抜いた。

「ティアナや子供たち、フレアやシルフィ、そしてこの国で出会った仲間たち。みんな私のかけがえのない友だ。そのためなら、私の全てを懸けて戦うと誓《ちか》う!!」

ロザミアの体に今までにないほどの闘気《とうき》が宿っていく。

それを見てゼキレオスは頷いた。

（良い剣士だ。優れた戦士が多い翼人族の中でもこれほどの剣士はそうはおるまい。我ら四人でどこまで出来るかは分からぬが……）

彼は剣を強く握り締める。

「やらねばならぬ、この命を燃やし尽くしたとしても！」

ゼキレオスはオリビアを見つめる。

「リヴィ、ワシの傍を離れるでないぞ！」

「はい、お父様！」

そして、意を決した三人の女剣士と目を合わせて言った。

「行くぞ‼」

それに答えるミネルバたち。

「はい！　陛下‼」

「この国の民のために！」

「仲間たちのために‼」

その掛け声と共に彼らはオリビアを囲むように守りながら、互いに背を預《あず》け四方へと体を向けた。

それぞれの目の前にある繭を破壊するためだ。

レイアは自分の目の前にある繭を、横薙ぎに一刀両断《いっとうりょうだん》しようとした。

「はぁあああ‼」

その太刀筋《たちすじ》の鋭さは父親である剣聖ロゼルターク譲《ゆず》りのもので、剣技の見事さは銀竜騎《ぎんりゅうき》士団《しだん》の中でも将軍ミネルバに匹敵《ひってき》するほどだ。

だが……

キィイイン‼

まるで凄まじい硬度《こうど》を持つ金属にぶつかったような音を放って、レイアの剣は繭の表面ではじき返される。

「くっ！　馬鹿な‼」

思わず剣を握る手を見つめる。

（なんという硬《かた》さだ。私の剣がはじかれるとは）

レイアが衝撃を受けるのも当然だろう。

彼女の剣は、その冷気で敵の剣すら凍り付かせ砕《くだ》くことが出来るほどのものだ。

レイアの顔に濃《こ》い焦《あせ》りの色が浮かぶ。

繭は不気味に赤い光を明滅《めいめつ》させ、中の邪悪《じゃあく》な気配が次第に強くなっていく。それは羽根が生み出した魔神の使徒が育っている証だろう。

（この中で育っているものを決して地上に出してはいけない。そんなことになれば、我《わ》が

国は、アルファリシアは終わりだ）

男装の麗人《れいじん》のように端整《たんせい》で美しいその横顔が焦燥《しょうそう》に歪み、彼女は唇を噛む。

「くっ！　私はなんと情けないのだ」

レイアは声を上げ、悔《くや》しさに身を震わせる。

（私の力では、レオンたちを手助けすることすら出来ないのか……）

その時、レイアに背を向けて立っているミネルバが言った。

「レイア、諦めるんじゃないよ。自分の力を信じるんだ。今は私たちがやるしかない、限界を超えてこの体が悲鳴を上げたってね！」

凛《りん》としたミネルバの背中を見て、レイアはもう一度剣を握り直す。

「はい、ミネルバ様！」

レイアは笑みを浮かべる。

（ミネルバ様らしい。幼い頃から父の剣技を忠実《ちゅうじつ》に再現することしか出来なかった私の心に、いつだって炎を灯《とも》してくれる）

自分と相反《あいはん》して豪快《ごうかい》で自由なミネルバの剣に、出会った当初は反発も感じていたが、次第にそんな彼女に惹《ひ》かれていった。

そしていつしか姉妹のように力を合わせてきたことを思い出す。

ミネルバはレイアの方を振り返ると言った。

「レオンたちと行った森は楽しかったね。レイア、またあんたと一緒に行きたいよ。オリビア様や、みんなと一緒にさ」

「ええ、ミネルバ様」

二人は、レオンたちと一緒に食材を探しに行った森のことを思い出した。

騎士として生きてきた人生に後悔《こうかい》はない。

だが、二人にとってあれが安らぎの時間だったのは間違いのない事実だ。

レイアは、一緒に行った子供たちの、皆の笑顔を思い出す。

そして、この世界を守りたいと心から思った。

レイアは剣を握る手に力を込めると天を仰《あお》いだ。

「父上、私に力を！　この身に代えても守りたいものがあるのです‼」

凄まじい闘気がレイアの体を包んでいくと、それは青い炎のように揺らめいた。

「はぁあああああ！！！」

気合《きあい》と共に限界を超えた力が、レイアの剣を強烈に輝かせていく。

力を更に凝縮《ぎょうしゅく》させるために居合《いあい》の姿勢で剣を構えると、青い光は臨界点《りんかいてん》を超えるような光を放つ。

その瞬間、レイアの剣は恐るべき速さで振られていた。

「練気氷刃奥義《れんきひょうじんおうぎ》‼　氷牙一閃《ひょうがいっせん》！！！」

冷気を剣に宿して敵を斬《き》り、凍り付かせるレイアの練気氷刃。その奥義である氷牙一閃は父の剣聖ロゼルタークの技だ。

まだ極《きわ》めることが出来ていなかったはずの技を彼女は今、見事に使いこなし、周囲にはきらめく氷の結晶《けっしょう》が輝いている。

その技の冴《さ》えは父親の剣聖すら凌駕《りょうが》する。

もし、この姿を見ることが出来たとしたら、父であるロゼルタークは、自分を超えた娘を誰よりも誇《ほこ》らしく思うことだろう。

レイアの技は、鮮やかに目の前の繭を切り裂くと同時に凍り付かせ、氷の結晶と化したそれは粉々《こなごな》に打ち砕かれた。

ミネルバはその姿を見届けると、今度は自《みずか》らが剣を構える。

「やるもんだね、レイア。どうやら私も負けてはいられないようだ」

同時にミネルバの体には強烈な闘気が宿っていく。

ミネルバは未だ魔神と死闘を続けているジークを見上げた。

そして、初めて彼と出会った時のことを思い出す。

(初めは生意気《なまいき》で可愛《かわい》い坊やだと思ったのにね……)

冒険者ギルドで出会ったレオンはミネルバにとって確かにそう思えた。

だが、共闘した作戦で闇の術師と戦った時に助けられたのはミネルバの方だった。

「ふふ、慣れないドレスなんか着て、らしくないったらなかったね」

誰もが見とれてしまうほどの魅力《みりょく》を持つ女将軍が、ドレスを着て訪れた小さな教会での夕食。レオンを貴族に推薦《すいせん》するという申し出と公爵家《こうしゃくけ》の晩餐《ばんさん》への招待を断《ことわ》られた時の驚《おどろ》きを思い出す。

誰もが飛びつきたくなる条件だ。

それを断ったレオンとあの教会で食べた夕食の味を、ミネルバは忘れることが出来ない。招待を無下《むげ》にされたにもかかわらず、こんな男もいるのだと何故か嬉《うれ》しくなったことを覚えている。

そして、その強さと美貌《びぼう》ゆえに沢山《たくさん》の貴族の子息たちから恋文を送られ、ため息をつくミネルバに、相変《あいか》わらずの鈍感《どんかん》さで答えたレオンの姿を思い出して笑った。

(本当に生意気な坊やさ。でもなんでだろうね、あんたが現れてからこの世界が前よりもずっと輝いて大切に思えるのさ)

ミネルバは剣を握る手に力を込める。

炎のように湧《わ》き上がるミネルバの闘気は限界を超えて高まっていき、その美貌を更に際《きわ》立《だ》たせていく。

まるでこの地に舞い降りた戦女神《いくさめがみ》のように。

彼女の背に、自らが率《ひき》いる騎士団のシンボルともいえる竜の形に湧き上がったオーラが燃え上がると、剣に宿る。

「はぁあああああ！　食らいな、ドラゴニックブレイブ‼　この先には一歩も行かせないんだよ！」

それは竜のごとく勇《いさ》ましい心を持つ女将軍ミネルバに相応しい必殺の技だ。

そしてその威力《いりょく》は、普段よりも遥かに増している。

見事な一刀が縦《たて》に切り裂くと、繭は炎を上げる。

そんなミネルバとレイアの姿を見て、ロザミアも剣を構えた。

「私は主殿に救われた。それだけじゃない、アルフレッド殿下《でんか》のことも闇から救ってくれた。主殿は私にとって誰よりも大事な人だ」

彼女が兄と慕《した》った翼人の王子アルフレッドは荒《すさ》み切っていたが、レオンに敗北したことで高潔《こうけつ》な武人の魂を取り戻した。

ロザミアは、仲間のために一心に祈るアクアリーテを見つめる。

「そして、ティアナは戦うことしか知らない私に色々なことを教えてくれた」

子供たちと触《ふ》れ合い、楽しく笑って一緒にご飯を食べる。そんな生活がロザミアにとってはとても幸せだったのだ。

ティアナと一緒に握ったおむすびのことが、ロザミアには忘れられない。

料理と呼ぶにはあまりにも簡易なものではあるが、それでも幼い頃から剣の修業《しゅぎょう》だけに明け暮れてきたロザミアにとってはかけがえのない出来事だった。

心を込めて握ったそれをアルフレッドが美味《おい》しそうに食べてくれた時のことを思うと、暖《あたた》かい気持ちになっていく。

「ティアナ……」

ロザミアはティアナの力を感じた。

アクアリーテの姿になった彼女が描《えが》いた青い魔法陣が、ロザミアたちにも力を与えてくれている。

レイアやミネルバが限界以上の力を発揮《はっき》することが出来たのは、彼女たちの素質の高さはもちろんだが、この魔法陣の力も大きいだろう。

ロザミアは魔法陣に込められた祈りと願いを感じながら大きく白い翼を広げた。

「約束したのだ。ティアナとまた一緒におむすびを握ると。みんなで笑顔でそれを一緒に食べるのだ！」

それだけでいい。そんな日常が彼女にとって一番の幸せなのだから。

ロザミアの切《せつ》なる願いが、彼女自身の力を覚醒させる。

広げた翼が強烈な光を纏っていく。

同じ白い翼を持つアルフレッドの翼の輝きに勝《まさ》るとも劣《おと》らないその力、それはまさしく白翼人に秘められた力だ。

翼の輝きが最大限に高まった瞬間、ロザミアの姿がその場から掻《か》き消える。

そして、同時に幾つものロザミアの姿が舞うように現れた。

「はぁあああああ！　白翼天舞《はくよくてんぶ》‼」

それはロザミアの新たなる力だ。

華麗《かれい》に宙を舞う姿はまさに剣を持つ天使だ。

だが、その可憐《かれん》さとは裏腹《うらはら》に、凄まじい速さの斬撃《ざんげき》が同時に幾つかの繭を切り裂いて、塵《ちり》に帰《き》していく。

そんな彼女たちの姿を眺めながら、ゼキレオス王は頷いた。

「三人とも見事なものよ。そして、水の女神の助力に感謝する！」

そう言うと彼も手にした剣を構え、目の前の繭を一刀両断した。

「ぬぅううううん！」

騎士王と称《たた》えられた男の剣は見事に繭を切り裂くと、その闘気が燃やし尽くした。

国王は返す刀でもう一つ繭を切り裂く。

すると、中から零《こぼ》れ出た何かが、ゼキレオスの闘気で焼かれながらも声を上げた。

「ギギギィイ！！」

無機質な目をしたそれは、邪悪な瘴気《しょうき》を放ちながら燃え尽きていく。

まだ不完全で、何かになる前の姿をしているようにみえるそれはおぞましく、オリビアはその場に思わず嘔吐《おうと》した。

「見るでない、リヴィ」

娘のことを気遣《きづか》う父親に、オリビアは首を横に振った。

「お父様、私のことは気になさらないで！　それよりも少しでも早く、全ての繭を……」

オリビアは先ほど感じた瘴気に背筋が寒くなった。

（あんなものが成長して地上へと溢れたら。きっとこの世界は、今までとは全く違うものになってしまう）

ジュリアンが言うようにまさにこの世の終わりだろう。

オリビアはそう思った。

そんな王女の懸念《けねん》を払拭《ふっしょく》せんと、ロザミアやミネルバたちは国王と共に周囲の繭を切り裂いていく。

その姿を上空から見て、フレアやシルフィは希望の光を見出《みいだ》したような声を上げた。

「見て、シルフィ！　ロザミアたちが！」

「ええ！　ロザミア、ミネルバ、レイア、それにゼキレオス！　そうよフレア、戦っているのは私たちだけじゃない‼」

ジークたちや精霊たちではなく、眼下に見える巨大な地下庭園の中で全身全霊の力を込めて剣を振るう仲間たちの姿に、フレアとシルフィは奮《ふる》い立つ。

精霊たちに対峙しているジュリアンは、ミネルバたちを眺めながら笑みを浮かべた。

「ふふ、あの繭を切り裂くほどの力に目覚《めざ》めるとは、見事なものですね。もし彼女たちで人魔錬成の実験をしていたのならば、邪龍と化したレオナールよりも遥かにいい結果が得られたでしょうに。実に残念です」

それを聞いてシルフィが牙を剥《む》いた。

「実験ですって！　そのおぞましい実験で一体どれほどの命を犠牲《ぎせい》にしてきたの⁉」

フレアは怒りに満ちた目でジュリアンに言い放つ。

「ロザミアたちが私に勇気をくれたわ！　私たちは負けない！　ジュリアン、貴方はここで私たちが倒す‼」

神獣オベルティアスも精霊たちと共にジュリアンを取り囲んでいる。

「この命が尽きたとしてもな！」

ジュリアンはそんな彼らに問いかけた。

「出来ますか？　最後まで足掻《あが》くその姿は美しい。ですが、レディンが言ったように、貴方たちを待つのは逃れられない死です」

「黙《だま》りなさい！　ジュリアン‼」

目の前の男に対する怒りがフレアの可憐な顔を怒りに染める。

そして、その背に湧き上がった炎は輝きを増し、白い光と化していく。

「ほむら！　私にもう一度未来を拓《ひら》く力を‼」

フレアの右手の薙刀が白い炎に包まれていった。

その輝きが頂点に達した時、フレアの体にヤマトの古の神の力が宿る。

美しい後光が華奢《きゃしゃ》な体の後ろで輝くと、フレアはジュリアンに向かって一直線に突き進む。

「鬼神霊装《きしんれいそう》アマテラス！　陽光滅魔《ようこうめつま》の太刀《たち》‼」

オベルティアスはその輝きを見て思わず目を見開く。

初めて自分と戦った時のフレアとは比べ物にならない力だ。

（あの小娘がよくここまでの力を、見事なものだ。これならばジュリアンといえど滅《めっ》するしかあるまい！）

その考えが正しいことを証明するかのように、フレアが鮮やかに振るった刃がジュリアンの法衣の胸元を大きく切り裂いた。

だが、ジュリアンの目はフレアの動きをしっかりと捉えている。

法衣から覗《のぞ》く女性のような美しく白い肌には、浅く切り傷が刻まれていた。

「やりますね。まさか、四英雄以外にこの私の体に傷をつける者がいるとは。フレアと言いましたね、貴方は本当に素晴らしい」

ジュリアンは自分の懐に飛び込んできたフレアをそのまま優雅に抱き留める。

思いがけないその行動に、フレアは一瞬動きを止めた。

すると強烈な力がフレアの体を拘束《こうそく》する。

「うっ！　うぁあああああ‼」

彼女の体を拘束したのは、いつの間にかジュリアンの腰から生えてきた龍の尾だ。

それが、巨大な鞭のようにフレアの体をからめとっている。

神龍の尾が華奢な体を締め上げ、フレアに悲鳴を上げさせる。

「うぁあああ！！！」

「いかん！」

「フレア！！！」

彼女の苦しげな姿を見て、シルフィとオベルティアスがジュリアンへと襲い掛かる。

ジュリアンは強烈な力を放つ尾の先をフレアの細い首に巻きつかせ、シルフィたちに言う。

「いいのですか？　それ以上動けば、この娘の首をへし折りますよ？」

嫣然と笑みを浮かべながらも、その目は冷酷《れいこく》そのものだ。

もし従《したが》わなければ、言葉通りフレアの命はないと悟《さと》り、シルフィとオベルティアスは身を翻《ひるがえ》し後ろへと下がる。

「おのれ、卑劣《ひれつ》な！」

「ジュリアン‼」

怒りに満ちたシルフィの表情を眺めながら、ジュリアンはフレアに顔を寄せる。

自分が仲間の足かせになっていることに、フレアは唇を噛み締める。

ジュリアンを睨み、掠れ声を上げた。

「こ、殺しなさい……ジークやみんなのためならこの命、惜《お》しくなんかないわ！」

「いい覚悟です。その誇り高さが私の興味をそそらせる」

そう言うと、ジュリアンはフレアの瞳を覗き込み、まるで悪魔が囁《ささや》くように彼女の耳元で妖艶《ようえん》な唇を開く。

「そんな貴方がもし、仲間を裏切って彼らに刃を向けるようなことになればどうでしょう？　ふふ、貴方にとっては死ぬよりも受け入れがたいことでしょうね」

「ふざけないで！　誰がそんな！」

龍の尾で首を締め上げられながらも、フレアは怒りの眼差《まなざ》しでそう答える。

当然だろう。真っすぐで誰よりも仲間思いのフレアが、彼らを裏切ることなどあり得ない。

このまま首をへし折られるとしても受け入れるはずがない話だ。

だが――

「言ったはずですよ。賢者の石の力を甘く見ない方がいいと」

ジュリアンの目が妖しい光を帯びると、額の賢者の石が光を放ち始める。

そして自分の額をフレアの額に近づけた。

(何をするつもりなの⁉)

フレアは必死に体をよじるが、凄まじい力で拘束されているため身動きが出来ない。

ジュリアンはそんなフレアに語り掛ける。

「ふふ、せいぜい抵抗してみせてください。その方が私は楽しめる」

その瞬間、フレアは自分の中に何かが入り込もうとしているのを感じた。

自分の中を何かが侵食《しんしょく》していくおぞましい感覚に身を震わせる。

「――――！！！」

フレアは自分の意志を塗《ぬ》り替えられていくような気がして、声も出せずに大きく体を反《そ》らす。

それはかつて、ジュリアンの差し金によって、ミネルバが黒い宝玉に支配された時の状況によく似ている。

だが、賢者の石はそれよりも遥かに強い力でフレアを支配しようと、精神への侵食を続けた。

「素晴らしい。貴方が必死に抵抗しているのが分かりますよ。これほどの意志の強さを持つ者は少ない。貴方の仲間たちへの思いを感じます。そんな貴方だからこそ闇に染まっていく姿は美しい」

「うっ！　ぐぅううう！！！」

フレアの顔が苦悶《くもん》に歪み、手足が激しく痙攣《けいれん》する。

鬼の血を引く証である手の爪が伸び、額の角《つの》が大きくなっていく。

そして、彼女が纏う炎が次第に黒く染まっていった。

「殺せ！　殺してぇえええ‼」

そんなフレアの姿を見てシルフィは叫んだ。

「フレア！！！」

そして、彼女を締め上げている龍の尾を見て絶望《ぜつぼう》する。

（どうすれば、一体どうすればいいの？　もし、あの男が言うようにフレアが……）

フレアを助けに飛び込めば、彼女の首は神龍の尾によってへし折られる。

だが、このまま何もしなければ、ジュリアンに支配されたフレアと戦うことになるかもしれない。

シルフィは悲痛《ひつう》な思いでフレアを見つめる。

（そうなったら、私に出来るの？　フレアに牙を向けるなんて）

シルフィにとってフレアは妹も同然だ。

牙を剥き、ましてや命を奪うなどあり得ない。

シルフィの葛藤《かっとう》する表情にフレアは涙を流す。

だが、ジュリアンの支配がそんなフレアを容赦《ようしゃ》なく侵食し、彼女の纏う炎を完全に黒く染め上げていった。

心の中に制御《せいぎょ》出来ない怒りが湧き上がっていく。

幼い頃、鬼の血を引く者として理不尽《りふじん》に祖父母《そふぼ》に殴《なぐ》られ殺されそうになったこと。

そして、たった一人で森の奥に入って泣きながら暮らしたこと。

その怒りが、悲しみが、フレアの心を闇に染めていく。

「いや……ほむら、ジーク……シルフィ」

自分を悲しみと寂《さび》しさから救い出してくれたほむらの手を、ジークやシルフィたちとの大切な思い出を全て闇に塗りつぶされていくような感覚に、フレアは叫んだ。

「いやぁああああああああ！！！」

血の涙を流しながらその体は黒く染まっていく。

そして、自分の中の温かい心が死んでいく気がして絶望した。

その瞬間――

フレアは何者かが突如《とつじょ》現れ、ジュリアンの龍の尾を切り裂くのを見た。

そして優《やさ》しく彼女をその腕に抱きかかえる。

その顔を見てフレアは涙を流す。

「ジーク……」

ジュリアンでさえフレアの首の骨を折ることが出来ないほどの速さで、彼女を救い出したのはジークだ。

あの状況でこんな真似が出来るのは彼しかいないだろう。

「フレア」

優しく彼女を見つめるジークの瞳を見て、フレアは呟いた。

「どうして……」

フレアの目から大粒の涙が零れ出た。

時の流れがまるでスローモーションのように感じる。

今、ジークが自分の傍にいるということは、レディンと戦うジークたちの絶対防御の布陣が崩れたことを意味する。

それがもたらす結果が何なのかをよく知るフレアは、全身が凍り付く思いだった。

龍の尾を切り落とされただけで、辛うじて後方へ逃れたジュリアンが、笑みを浮かべる。

「ふふ、世界より仲間を選んだようですね。獅子王ジーク、貴方らしい。ですがこれで終わりです」

フレアは、ジークが彼女をその腕から離すのを感じた。

彼がフレアを突き放したのは、彼女を守るためだ。

フレアはそれを悟って悲鳴を上げた。

「いやぁあああ‼　ジークぅううう！！！」

その悲鳴と同時にジークの胸を鋭い刃が貫いていた。

フレアはジークに向かって手を伸ばした。

ジークを貫いたのは、レディンの背から長く伸びた翼の一枚だ。

その光景にシルフィは思わず声を失い、オベルティアスは息を呑んだ。

地上にいるゼキレオスたちもあまりの出来事に呆然《ぼうぜん》と立ち尽くした。

レディンの声が響く。

「倒魔流秘奥義、陽炎。くくく、どうだジーク、己の奥義で葬られる気分は」

陽炎を使いジークの背後、それもエルフィウスにとっても死角になる位置に現れたレディンの翼は、ジークを貫いたまま地面へと串刺《くしざ》しにする。

一方でエルフィウスもレディンの翼で肩口を貫かれ、まるで磔《はりつけ》にされるがごとく地下庭園の壁《かべ》に打ち付けられていた。

「主よ‼」

オベルティアスが悲痛な叫び声を上げる。

絶体絶命の状況の中、ジークは体を貫かれたまま再び剣を握る手に力を込めた。

「ぐぅうう！」

壁に磔にされたエルフィウスも最後の力を振り絞《しぼ》るように、剣を握り締めている。

彼らを見下ろしながらレディンは高慢《こうまん》な笑みを浮かべた。

「ほう、急所を外《はず》したか、しぶとい連中だ。だが丁度《ちょうど》いい。ジーク、そのままそこで水の女神が死ぬのを眺めているがいい」

その瞬間、レディンの残りの四枚の翼がアクアリーテに襲い掛かる。

それはまるで白と黒の死神の鎌《かま》だ。

「ふふ、ふはは！　死ぬが良い‼」

翼は無残《むざん》にも、祈りを捧げる彼女の両手を吹き飛ばし、同時に胴と首をも刎ね飛ばした。

シルフィとフレアは絶望に目を見開く。

「そんな！」

「いやぁあああ！！！」

あまりにも凄惨《せいさん》な光景に、皆息を呑み、オリビアは悲鳴を上げてその場に崩れ落ちる。

そして、ロザミアが絶叫《ぜっきょう》した。

「ティアナぁああああ！！！」

その悲痛な声は、彼らの敗北を告げるかのように辺りに響き渡っていった。

2　水の女神

ロザミアさんの声が聞こえる。

私はレディンによって切り裂かれた自分の体を見つめていた。

私はティアナ。そして二千年前、アクアリーテと呼ばれていた。

幼い頃に父と母が流行病《はやりやまい》で死んでしまった後、私は一人でエルフの森の奥の洞窟《どうくつ》に住んでいた。

母はエルフの長老の息子からの求婚《きゅうこん》を断り、父と結婚した。

それがきっかけで母たちは村を追われ、森の奥の洞窟でひっそりと暮らしながら私を産んだと聞いた。

母は亡《な》くなる前、幼い私の手を握り締めて言った。

「アクアリーテ、エルフの村へ行きなさい。罪を犯《おか》したのは私たちだけ。貴方には罪はないわ。きっと長老たちも貴方を受け入れてくれる」

「やだもん……アクア、お母さんとお父さんとずっと一緒にいるもん！」

父が優しく私の髪を撫《な》でる。

「許してくれ、アクア。私たちのせいでお前までこんなところで……だが、お前がいてくれたことでどれだけ幸せだったか」

「お父さん、死なないで……お母さん」

私は両親の傍でただずっと手を握っていることしか出来なかった。

気が付くと二人の体は冷たくなっていた。私はとても悲しくなって二人の体に身を寄せて大声を上げて泣いた。

ずっとずっと泣いて、何日か経《た》った後、私は小さな手で一生懸命に二人のお墓を掘《ほ》った。

前に母と一緒に飼《か》っていた小鳥が亡くなった時に、母から教わった。

亡くなった後はこうして土に還《かえ》してあげるのだと。

そして、悲しくなったらそこにやってきて話しかけるのだと。

「お母さん、お父さん……」

こうして土に還してあげたら、二人は私に答えてくれるだろうか。

話しかけたらいつものように笑ってくれるだろうか。

私はボロボロと涙を零した。

傷だらけになった両手で、病気のせいでやせ細った両親の亡骸《なきがら》を引きずるように運ぶと、二人を土に還すために洞窟の傍に埋めた。

そして、洞窟近くの泉の畔《ほとり》に転《ころ》がる小さな白い石を、幾つも運んでお墓の上に飾《かざ》り付けた。

エルフの村の人たちが見たら、お墓とは呼べないようなみすぼらしい墓標《ぼひょう》と笑うかもしれない。

でも、それがまだ六歳だった私に出来る精一杯《せいいっぱい》だった。

私は二人の声が聞きたくて、毎日お墓に花を手向《たむ》けた。

そんなある日、一人の老人が私のところへやってきた。

彼はエルフの村の長老だと名乗った。

「アクアリーテよ、村に来るが良い。掟《おきて》ゆえにそなたの両親を村に入れることは叶《かな》わなかったが、そなたには罪はない。幼子がこのような場所で暮らすのは辛かろう」

私は彼の言葉に首を横に振った。

だって、私のお母さんとお父さんがいるのはここだから。ここだけだから。

頑《かたく》なに首を横に振り続ける私を見て、立ち尽くす長老の後ろから一人の背の高いエルフがやってくる。

私を見下ろすと冷たい眼差しで言った。

「強情《ごうじょう》な小娘だ。そんなところは母親によく似ている。あの女め、せっかく俺が妻にしてやると言ってやったのに、つまらん男を愛しているなどと言いやがって。長老の一族が命じたことに逆《さか》らう者は、村には置いてはおけないのが掟だ。父上、こんな小娘を村へ入れる必要はない」

「ジェイル、いい加減にせぬか。この娘には罪はない。そなたもいずれワシの後を継《つ》いで長老となるのだ。そのためには情けの心を持たねばならぬ」

長身の男は、母や父をこんな目に遭《あ》わせた長老の息子だった。

「ふふ、情け？　下らぬな。俺は魔力ではすでに父上を超えている。村の者の多くもこの俺に従っている。父上には悪いが、もはや俺が長老も同然なんだよ」

「ジェイル、そなたという男は！」

長老は怒りに拳を震わせながらここを立ち去った。

そして、後に残ったジェイルは白い小石で飾った墓標を見ると笑った。

「それは墓のつもりか？　惨《みじ》めなものだな。こいつも馬鹿な女だ、俺の妻となっていればどのような贅沢《ぜいたく》も出来たものを」

そう言うと、ジェイルは私が作った小石の飾りを蹴《け》り飛ばす。

私は悲しくなってジェイルの足にしがみついた。

「やめてぇえ！　惨めなんかじゃないもん！　お母さんもお父さんも幸せだったんから……アクアと一緒にいて幸せだったって」

「黙れ！　このガキが‼」

私は蹴り飛ばされて、地面を転がった。

そんな私を見てジェイルは嘲笑う。

「ふん、殺しはせん。どうせお前はこの森から出ては生きてはいけまい。ここで一人惨めに生きることだ。その方が死んだあの女も苦しむことだろう。くく、ははは！」

「う……うぁ」

私は蹴り飛ばされた痛みを堪《こら》えながら、男の笑い声を聞いていた。

そして、ジェイルがその場を立ち去った後、立ち上がると泉でまた小石を拾ってお墓を飾る。

「お母さん、お父さん……」

でも、誰も答えてくれなくて私はまた一人で泣いた。

永遠に続くような長い孤独《こどく》に、どうして私も一緒に殺してくれなかったのか、神様を恨《うら》んだこともある。


それから四年、私は森の中で一人で暮らし続けていた。

お墓に新しい石を並べて、泉に咲《さ》く花を供《そな》える。

相変わらず、私に話しかけてくれる人はいない。

いたとしても、魔法も使えない私のことをからかう子供たちだけ。

私は泉に映る自分に話しかけるようになっていた。花の冠《かんむり》を頭にかぶって、泉に自分の姿を映す。

そして、もう一人の自分に話しかけた。

「ねえ、アクア。とっても似合ってるよ」

水の中の私は揺らめいて、楽しそうに笑っているようだった。

彼女は私のたった一人の友達。彼女だけが私に笑顔を見せてくれたから。

「貴方が、泉から出てきて一緒に遊べたらいいのに」

私がそう言うと、彼女が笑ったような気がした。

「えへへ！　そっか、貴方もそう思うのね」

私は嬉しくなって泉の周りを駆け回る。

そして、彼女に打ち明けた。

「私ね、魔法が使えないの。だからみんなに馬鹿にされて……でも、いつか魔法を使えるようになりたいなぁ」

まだ幼かった私に、両親は魔法を教えてはくれなかった。

魔法どころか碌《ろく》に文字も書けない私を、村の子供たちはよくからかってきた。

それが悔しくて、もし私にも魔法が使えたらどんなに素敵だろうっていつも思っていた。

水の中の私が揺らめくと、太陽の光を反射してキラリと光る。

只の光の反射かもしれない。でも、何だか私に答えてくれたみたいで嬉しかった。

「今日は何だかいいことが起こりそう！」

そんな気がして、森の奥から村の方へと向かった。

村の近くには野生の苺《いちご》が生えている場所がある。

とても美味しくて、私にとっては一番のごちそうだった。

だけど、村に近づくと誰かに見つかって意地悪をされるから、滅多《めった》に近づくことはない。

でも、今日はきっと大丈夫だ。そんな予感がして私はそこへ足を運んだ。

「わぁ！　凄《すご》い‼」

沢山の野生の苺が赤い実をつけている場所を探し当てて、私は思わず嬉しくて声を上げた。

ボロボロの布袋に真《ま》っ赤《か》な苺の実を入れる。

夢中になって苺を摘《つ》んでいると、誰かが横から私を突き飛ばした。

「きゃっ！！」

私は尻もちをつく。

気が付くと、エルフの村の子供たちに囲まれていた。

私よりも年上の男の子たち。彼らは地面に転がっている私を見て、愉快《ゆかい》そうに笑っている。

「薄汚《うすぎたな》い恰好《かっこう》しやがって。こんなところで何してやがる？」

「そうだ、そうだ！　お前は森の奥で大人《おとな》しく暮らしてりゃいいんだよ‼」

「村に近づくんじゃねえよ！　この出来損《できそこ》ない！」

私は悔しくて唇を噛み締める。

「苺を採《と》りに来ただけだもん……すぐ帰るから」

そして、泉の中の私と一緒に苺を食べるんだ。

私が食べたら水の中の彼女も苺を食べられるから。

ただ、それだけで幸せなのに。私にとってのたった一つの幸せなのに。

「苺だって？　村じゃもっと旨《うま》い苺を育ててるんだぜ。はは、こんなものをありがたがってるお前は、碌なものを食ったことがないんだな」

「見ろよ、こんなに集めてるぜ」

「旨い苺どころか、パンやチーズも食ったことないんだぜ、こいつ」

そう言って、私から布袋を取り上げる男の子たち。

「返して！　一生懸命集めたの‼」

涙が出た。

「うるせえんだよ！　こんなものこうしてやるよ！」

「あ！！！」

男の子の一人が魔法を使って炎を作り出すと、苺とそれが入った布袋を燃やす。

どうして……どうしてこんな酷《ひど》いことをするの？

私は泣きながらその場に蹲《うずくま》る。

「どうした、悔しかったらお前も魔法を使ってやり返してみろよ！」

「はは、無理言うなって。こいつ魔法が使えないんだぜ」

「こんな魔法も使えないのかよ？　アクアリーテ」

男の子たちは私をからかい続ける。

「頑張《がんば》ってるもん！　アクアだって頑張ってるんだもん‼」

でも、誰も私に魔法を教えてくれない。

これからもずっと私は一人なんだ。私にいるのは泉の中のもう一人の私だけ。

そう思うと悲しくなって涙が止まらなくなった。

その時――

「やめろ‼」

泣きじゃくる私の前に誰かが立っている。私は信じられない光景に、呆然と彼の背中を見つめていた。

誰かが私を助けてくれるなんて初めてだったから。

私の前に立っていたのは赤い髪を靡《なび》かせた少年だ。

エルフじゃなくて人間の男の子。村の子供たちが彼を取り囲む。そして口々に言った。

「何だお前⁉」

「人間のくせに俺たちのことに口出しするなよな！」

「生意気なんだよ！　へへ、俺の攻撃魔法を食らえ‼」

村の子供の一人が放った火炎魔法が、私を守ってくれた男の子目掛けて放たれる。

危《あぶ》ない！　私がそう思った時、赤い髪の男の子は信じられないような速さで炎を避けた。

そして、彼らの傍に踏み込むと足元の木の枝を拾って、それをいじめっ子のリーダーの喉元《のどもと》に突き付ける。

「ひ‼」

なんて鮮やかな動きなんだろう。

「やめろって言っただろう？　これ以上やるなら俺だって本気でやるぞ」

彼の気迫《きはく》に押されて、いじめっ子はみっともない恰好で尻もちをつく。

「くっ！　くそ！」

「覚えてろよ‼」

そして、悪態《あくたい》をつくと逃げるように立ち去った。

その後ろ姿を眺めながら、彼は私に向けて手を差し伸べた。

「あいつらはもう行ったから泣くなよ。アクアリーテだっけか？」

私は彼を見上げて涙を拭《ふ》きながら頷いた。

から。

「うん！　私、アクア！　助けてくれてありがとう」

私は嬉しかった。誰かがこんな風に手を差し伸べてくれるなんて思ってもいなかったから。

彼は私を立ち上がらせると言った。

「俺はこれから修業があるからもう行くけど、一人で帰れるか？」

私は首を横に振る。

「アクア、帰るところないの。お父さんもお母さんも死んじゃって、一人で森に住んでるから。だから、文字もよく読めなくてみんなに馬鹿にされて……」

そう話すとまた涙が出てきた。私を待っててくれる人なんていない。

悲しくて認めたくなかっただけ。本当はもう帰る場所なんてないんだから。

「ごめんなさい、私ばっかりいっぱい話して。助けてくれたから嬉しくて」

「そうか、行くところがないのか……」

彼はそう言うと暫《しばら》く考え込んでから言った。

「なあ、俺と一緒に行くか？　アクアリーテ」

「アクア、一緒に行ってもいいの？　もう一人で暮らさなくてもいいの？」

「ああ、俺の名前はジーク。アデラっていうエルフと一緒に近くの小屋で生活してるんだ。一人ぐらい増えても、きっとなんとかなるさ」

私は差し出された彼の手をギュッと握り締めた。

ボロボロと涙が零れ落ちる。

「うん……ジーク。私、一緒に行く」

私にとって彼は光だった。

ずっと一人だった私の手を握ってくれた人。ジークはまるで光輝く星のように、私の人生に希望の灯をともしてくれた。

そして、アデラも。

ジークが連《つ》れてきた私を見てアデラは言った。

「全く勝手に居候《いそうろう》を一人増やして。でも追い出すわけにはいかないね。ジーク、あんたそれが分かってて連れてきたね」

「まあね。はは！　いいってさ、アクアリーテ」

小屋にやってきた私を見て、そう言って微笑む二人。

「うん！」

私は涙が止まらなかった。目の前に私に笑いかけてくれる人がいる。それがただ嬉しくて。

それから、私はアデラに文字や魔法を教わることになった。

夢だった魔法の勉強が出来ることになって、一生懸命アデラに教わった。

「ほんとに熱心だねアクアリーテは。それに、あんたには才能がある。きっといつか凄い魔導士になるよ」

「アデラ、ほんとに⁉」

「ああ、特に水系の魔法の適性が凄い。天性の才能もあるだろうが、幼い頃から魔法を使わずにこの森で生きてきたのが影響してるのかもね。自然と一体化することが当たり前のように出来ている。もし、将来精霊を使いこなすならそれは大いに役立つだろうさ」

「精霊？　私が⁉」

驚いてアデラを見つめる。精霊と契約《けいやく》が出来る魔法使いは少ない。

特に、強い力を持つ精霊を使いこなすことが出来るのは、エルフの中でも選ばれた者たちだけだって聞く。

私は何だか嬉しくなって、アデラに尋《たず》ねた。

「ほんとに？　アデラ！」

「ああ、嘘《うそ》は言わないよ」

「私頑張る！」

そう言ってまた魔法の勉強を始める私の頭を、アデラは優しく撫でる。

とても幸せな気持ち。アデラとお母さんは全く違うのに何だかよく似ている。

一緒にいると、とても安心して幸せになれる。

私はアデラを見上げて言った。

「えへへ、アデラってお母さんみたい」

「そうかい？　倒魔人《とうまにん》の私に娘なんてね。まあ、それも悪くないか。ふふ、ジークにもあんたみたいな可愛げが少しでもあればね！」

そんなアデラの言葉に、私たちは顔を見合わせて笑った。

でも、私には分かるんだ。ジークもアデラのことが大好きだって。

二人との生活は私にとって幸せの連続だった。

朝、早起きすると小屋に繋《つな》いだ牝牛《めうし》の乳《ちち》を搾《しぼ》る。二人はバターやチーズも自分たちで作っていた。野生の苺で作ったジャムもある。

アデラはジークに言う。

「ジーク、あんたは倒魔人になりたいんだろう？　だったら、戦い方だけじゃない、どこでも暮らしていけるようにしないとね。仕事によってはこうやって隠《かく》れ家《が》に何か月も籠《こも》ることだってあるんだから」

「ああ、アデラ」

そんな二人の話に加わりたくて私は胸を張って言う。

「私も倒魔人になる！　魔法をいっぱい覚えて、ジークやアデラを助けるの！」

それを聞いたアデラは私の頭を撫でる。

「頼もしいね、アクアリーテは。じゃあ、今日はパンの焼き方でも教えるとするか」

「うん！」

村の子供たちが言っていたパンというものが食べたくて、私は大きく頷いた。

アデラは小麦の粉をこねて、丸いものを作る。

「ねえ、アデラ。これがパンなの？」

「そうだね、これはパンのもと。生地《きじ》ってやつさ」

「ふぅん！　そうなんだ」

私はワクワクしながら生地を見つめる。

そんな私を見て笑いながら、アデラは言った。

「膨らむまで少し時間がかかるよ」

「うん！　それまで私見てる！」

「はは、あんたは物好きだね」

ジークは小屋の外で剣の訓練をしてたけど、私はずっと傍でパンを見つめていた。

私にとっては何もかもが新鮮《しんせん》で、輝いて見えたから。

生地が膨らむと、ジークを呼んで私たちはパンを作り始める。

膨らんだ生地をアデラが小さくちぎって私たちに渡してくれた。

それを丸めて、暫く置いておくとパンはまた大きく膨らんだ。

「さあ、仕上げだよ」

アデラはそう言うと、膨らんだパンを小屋の石窯《いしがま》に入れて焼く。

今まで嗅《か》いだこともないような香《こう》ばしくていい匂いが、小屋の中に広がった。

「凄くいい匂い！」

私は嬉しくなって、石窯の前ではしゃいだ。

アデラはそんな私を見つめながら微笑むと、窯の中から焼きたてのパンを取り出す。

「うわぁ！！！」

思わず声が出てしまう。焼きたてのパンの美味しそうな香り。

そんな私を見て、アデラがパンを一つ手に取ると野生の苺で作ったジャムを塗って私に手渡した。

「食べてごらん、アクアリーテ」

「うん！」

一口食べた後、私はその場に立ち尽くした。こんなに美味しいものを食べたことがなかったからだ。

大好きな苺の味がする焼きたてのパン。私は食べながら涙がポロポロと零れた。

ジークが心配そうに私を見つめている。

「どうした？　アクアリーテ。焼きたてで熱かったのか？」

「ううん……」

私は首を横に振る。そして手に持ったパンを見つめた。

「お父さんやお母さんに食べさせてあげたくて。それに私の大事なお友達にも」

その言葉にアデラとジークは顔を見合わせる。

「大事な友達って誰なんだ？　アクアリーテ」

私は思わず口をつぐんだ。あの泉に映る自分がたった一人の友達だったなんて二人に言ったら、どんな顔をされるだろう。

そう思うと上手《うま》く言葉が出なかった。

そんな私をアデラは暫く見つめると肩をすくめた。そして、ジャムを塗ったパンを幾つも木の籠《かご》に詰めると私に言う。

「持っていきな、アクアリーテ。お墓に行くんだろう。それに友達にも持って行ってやりな」

アデラはそれ以上何も聞かなかった。

私は大きく頷くと、アデラがパンを入れてくれた籠を大切に胸に抱きかかえる。

「ジーク、一緒に行ってやりな。また碌でもない悪ガキどもに出くわさないとも限らないからね」

「ああ、アデラ！　行こう、アクアリーテ」

ジークはそう言ってこちらに手を差し出す。

私は彼の手をしっかりと握り締めた。

「うん！　ジーク‼」

私たちは森の奥へと向かう。

お母さんやお父さんと暮らした泉の傍の洞窟に辿《たど》り着くと、私はいつものように花を摘む。

それからお墓の上に飾り付けた白く綺麗《きれい》な石の上に、アデラが焼いてくれたパンと一緒に供えた。

「お父さん、お母さん、私、パンを初めて食べたんだ。大好きな苺をアデラがジャムにしてくれたの」

土に還った二人はやっぱり何も答えてはくれなかった。

でも、私は二人にずっと話しかけた。伝えたいことがいっぱいあったから。

そして、籠からパンをもう一つ取り出して泉の畔へと向かった。

ジークが不思議そうに尋ねる。

「アクアリーテ、お前の友達はどこにいるんだ？」

私はそんなジークを見つめながら俯《うつむ》くと言った。

「あ、あのね。笑わないでね。私の大事なお友達はこの泉の中にいるの」

「笑うわけないだろ？　でも泉の中って魚か何かか？」

首を傾《かし》げるジークを見て私は笑った。

「ううん、泉の中の私……ジークに出会う前の四年間、ずっと私のたった一人のお友達だったの」

「泉の中の私？」

「うん」

私はそう言うと、パンを手に持って彼女に報告した。

「大好きな苺を載《の》せたパンだよ。苺は貴方も大好きでしょ？」

水の中の私は笑っている。とてもとても幸せそうに。

「私ね、今とっても幸せなんだ」

その時、森の奥に風が舞い上がり木々が揺れた。

そして、泉の水面が七色に輝いていくのを私は見た。

『良かったな、アクア』

『アクアリーテ、貴方を愛してるわ』

私はその場に呆然と立ち尽くした。風の中で聞こえた声は、私のお父さんとお母さんの声だった。

泉が美しく輝いている。七色に輝く泉の湖面がそれを聞かせてくれたのだろうか。

「うん……お父さん、お母さん」

二人の声が何度も繰り返し聞こえてきて、そして別れを告げるように小さくなっていく。

私の隣《となり》にいるジークを見て安心したかのように。

ジークは黙ってずっと傍にいてくれた。

私は空を見上げる。

「ねえ、ジーク。今ね、お母さんとお父さんとお話をしたんだ」

「そうか、アクアリーテ。俺も何か強い力を泉から感じた。アデラが前に言っていた、強い思いが時に奇跡《きせき》を起こすと。泉の中のお前がそれを助けてくれたのかもしれないな」

「うん……」

気が付くと泉の中に一人の少女が立っていた。

私にそっくりで、水面で七色の髪を靡かせている。

とても強い力を彼女から感じる。ジークが言った。

「精霊だ！　それも生まれたての。でも、凄い力を感じる。魔力がない俺にもハッキリと分かるぐらいに」

「泉の中の私……」

彼女はこちらに近づいてくる。

その時、私たちの背後から声がした。

「ジェイル様！　こいつです！　アクアリーテとこいつが俺に恥《はじ》をかかせたんだ‼　近くで新しい足跡《あしあと》を見つけたからここにいると思ったぜ」

そこに立っていたのは、あの時のいじめっ子のリーダーだった。私を睨みながらジークを指さしている。

私はその隣に立っている男の姿を見て背筋を凍らせた。

父と母が亡くなった時、私を蹴り飛ばしたあの男が立っている。蛇《へび》のように執念深《しゅうねんぶか》い目が私を見ていた。

「俺が少し村を離れている間に、この森によそ者が入り込んでいたようだな。しかも人間とは。父上も耄碌《もうろく》したものだ」

それから、泉の上に立つ七色の髪の少女を見て笑う。

「ほう、精霊か。その姿、お前によく似ている。くく、死んだお前の両親と、ここでしぶとく生き延《の》びてきたお前の怨念《おんねん》が作り上げた邪悪な精霊といったところか。いずれ俺が長《おさ》になるハイエルフの森には相応しくない」

私は大きく首を横に振った。

「怨念なんかじゃない！　お父さんもお母さんも私が幸せだって聞いて喜んでくれたの。この子は邪悪な精霊なんかじゃない！」

彼女は寂しい私の傍にいつだっていてくれた。私の大事な友達なんだから。

「黙れよ！　ジェイル様が邪悪だって言ってるんだ‼　こんな精霊なんてどうせ弱っちいに決まってる！　へへ、俺が消し飛ばしてやるぜ！」

そう言うと、いじめっ子は右手に炎を作り出して、それを泉の上に現れた精霊に向かって放つ。

「やめてぇぇぇ！！！」

私は叫んだ。

その瞬間、私の手から水魔法が放たれる。

アデラに教えてもらったものだ。でも実際に誰かに向けて使うのは初めて。

それは、火球を吹き飛ばして消し去ると、いじめっ子の体に当たって大きく撥《は》ね飛《と》ばす。

そして、彼は木の幹《みき》にぶつかった。

「ぐっ！　嘘だ！　俺がお前みたいな出来損ないに負けるなんて……くそぉ」

彼はそう言って気絶《きぜつ》した。私は自分でも驚いて魔法を放った右手を見つめた。

ジェイルはこちらを見て薄笑いを浮かべた。

「愚か者め。あの精霊がこの娘に力を与えている。そんなことも分からんとは、出来損ないはお前だ」

ジェイルの後ろに揺らめくような影が現れると、それは巨大な毒蛇の姿に変わっていく。

「だが、俺の精霊キラースネークの敵ではない。言ったはずだぞ、お前を殺しはせん。だが、お前は一生一人寂しくこの森で過ごすのだ。俺に逆らったあの女の罪を贖《あがな》うためにな！」

「お父さんとお母さんは罪なんて犯してない！　ただ、愛した人と一緒にいたかっただけ……それだけなのに‼」

私はずっと言いたかったことをジェイルに叫んだ。

「黙れ、俺に逆らうことが罪なのだ！」

同時にジェイルの精霊が鎌首《かまくび》をもたげる。大木の幹ほどもある胴体を持った蛇の目を見て、私は足がすくんだ。

ジークは私を守るように前に進み出る。

「下がってろ、アクアリーテ。こいつは俺がやる」

「ジーク！」

ジェイルの目がジークを射抜《いぬ》いている。

「何者だ貴様？　今なら腕一本で許してやる。この娘を置いて消えろ」

「断る。それにお前のような男に名乗る名などない」

「くく、生意気な小僧だ！　ならば死ね‼」

その瞬間、ジーク目掛けて大蛇が襲い掛かる。大きな牙を生やした鎌首がジークの体を噛み砕こうと口を開ける。

「ジークぅうう！！！」

思わず叫んだ私の前で、ジークは鮮やかに剣を振るうと大蛇の牙を一本切り落とす。

それを見てジェイルは少しだけ眉を動かす。

「ほう、俺のキラースネークの牙を折るか。どうやら只者《ただもの》ではないようだな。だが、約束通りまずは腕一本貰ったぞ」

「くっ！」

ジークが呻き声を上げる。その左腕は、何かの毒に侵《おか》されたかのように紫になっていた。

よく見ると肩には細い針が突き刺さっている。先ほどまで草の中で隠れていた大蛇の尾には幾つもの毒針が付いていた。

「牙はかわしたようだが、草の中の尾から放たれた毒針には気が付かなかったようだな。くく、俺はいずれエルフの森の長老になる男だ。貴様のような小僧に負けるはずもない」

紫の部分が首元にまで広がっていく、毒がジークの体に回っていくのが分かった。

「どうやら腕だけで済まなかったようだな。くく、いっそ楽にしてやろう」

「俺は死なない。倒魔人になってあの男の、レディンの前に立つまでは‼」

ジークの体に強力な力が宿るのを感じた。それが毒の侵食を押しとどめている。

「倒魔人だと、くだらんなぁ。力とは他者を踏みつけるために使うものだ。こうやってな‼」

ジェイルの言葉と共に、大蛇がジークの頭の上にその鎌首をもたげる。

どうしよう……このままじゃジークが死んじゃう。そんなの嫌、絶対に嫌だ！

私は祈った。そして、アデラに教わった祝福と浄化《じょうか》の魔法を唱《とな》える。

「お願い力を貸して、水の中の私！」

その時、泉が再び七色に輝くと私の中に強烈な魔力が宿る。

「浄化を！　そしてジークに祝福を‼」

「小娘が！　小癪《こしゃく》な真似を！　だが、もう遅《おそ》い‼」

ジェイルの言葉と共に、大蛇はジークを丸ごと呑み込んだ。

「ジークぅうう！！！」

私は目の前が真っ白になって叫ぶ。

「おぉおおおおおおお‼」

大蛇の中からジークの声が聞こえた。

「なにぃい！！？」

ジェイルの目が大きく見開かれると、剣を構えたジークが大蛇のお腹《なか》を突き破って出てくる。毒は浄化され、祝福の力が彼を包んでいる。

大空に舞うジークは眼下の毒蛇を眺めながら言った。

「貰ったぞ！　倒魔流剣術、炎破裂空《えんはれっくう》‼」

その瞬間、ジークの剣に炎のような闘気が満ちて大気を切り裂く。

それが、ジェイルの大蛇を両断した。

「何だと！　俺のキラースネークが！　馬鹿な‼」

ジェイルの目が血走っていく。

「俺が、このジェイル様がこんなガキどもに！　おのれぇぇぇぇ！！！」

邪悪な魔力がジェイルの体に満ちていく。そして、それが彼の体を黒く染め上げていった。

「ダークエルフ……」

私は思わず呟く。闇を信仰し邪神に魂を捧げた暗黒のエルフ。でも、そんな存在に堕《お》ちることはエルフ族の掟で固く禁じられているはずだ。

それはもうエルフではなく魔族だから。正体を現したジェイルの後ろに、先ほど両断された大蛇とは別の蛇が姿を現す。

その姿は、さっきのものよりも大きく禍々しい。

「まさか、こんなガキどもに闇の力を使うことになるとはな。くくく、もういい。この姿を見られたからにはアクアリーテ、お前にも死んでもらうぞ。徐々に毒を流し込んで苦しみ抜かせて殺してやろう」

ジェイルの目を見て私は震えた。まさに蛇の目だ。ジークが私を守るように前に立つ。

その時、ジェイルの背後から声がした。

「いい度胸《どきょう》だね。私がいるこの森で、闇の力を使うなんて。どうやら命がいらないらしい」

「アデラ！」

そこに立っていたのはアデラだ。彼女は私たちを見つめると微笑んだ。

「よくやったね二人とも。後は任《まか》せな」

ジェイルが怒りに満ちた目でアデラを睨む。

「誰にものを言っている！　邪魔をするなら、貴様から殺してやろう!!」

「遅いね。気付いてないのかい？　もうあんたは死んでるよ」

私は目を見開いた。まるで光のような速さだった。

アデラはいつの間にかジェイルの傍を通り過ぎると、私たちの前にいた。

後ろでは両断された黒い大蛇とジェイルの首が宙に舞っている。

「ば、馬鹿な……」

斬られたことさえもようやく気が付いたようにジェイルの首がそう呟く。

そして、怯えた様子で口を開いた。

「アデラ……まさか！　銀獅子姫《ぎんじしひめ》アデラか!!」

「そうさ。あんたみたいな小物でも、私の名前ぐらいは知っているようだね。薄汚い悪党が、私の大事な子供たちに触るんじゃないよ！」

アデラの剣が纏った光が、ダークエルフとその邪悪な精霊を白い炎で燃やし尽くしていく。

ジェイルは、断末魔《だんまつま》の叫びを上げて消え去っていった。

「アデラぁ！」

私はアデラに抱きついて泣きじゃくる。

アデラはそんな私の髪を撫でた。その後、ジークを見て肩をすくめる。

「ジーク、あんたは来ないのかい？」

「お、俺はあんな奴へっちゃらだったんだ！　別にアデラが来なくてもさ」

「あはは！　まったくあんたは可愛げがないね」

私の大事な子供たち。アデラの言葉が私はとても嬉しかった。ジークもきっとそう、ツンとした顔をしていたけど嬉しそうだったもの。

その後、私たちはアデラに連れられてエルフの村に向かった。

村から追い出された私が一緒に行ってもいいのかと足がすくんだけど、ジークとアデラが一緒だったから。

恐る恐る村に足を踏み入れた私だったけど、村の長老はアデラを見ると深々と頭を下げて丁重《ていちょう》なもてなしをした。

「姫！　森にいらしていたのですか⁉」

「久しぶりだね、長老。ジークの修業に使うために隠れ家に来てみれば、色々と村も変わったようだ」

驚いたのはアデラが、ハイエルフの王国オゼルファンの騎士で王女だってこと。

アデラが以前この森を訪れたのは十年以上も前で、私が生まれる前の話だった。

「アデラって王女様だったの⁉」

私がびっくりして、お辞儀《じぎ》をしようとすると彼女は笑いながら止めた。

「やめな、アクアリーテ。王女なんてとっくにやめたのさ。私の性《しょう》に合わないからね」

「えへへ、確かにアデラってお姫様って感じじゃないもんね」

そう言って笑う私の鼻をつつきながら、アデラは答える。

「そりゃないだろ、アクアリーテ」

だってアデラはとっても綺麗だけど、凄く強いもの。

彼女が長老にジェイルのことを話すと、驚いた顔で深く頭を下げる。

「ま、まさかジェイルが！　ダークエルフに堕ちるなど……あの愚か者め。姫、お恥ずかしい限りでございます」

「ああ、ならアクアリーテのこともいいね？」

「は、はい！　息子の力に逆らうことが出来ず、長老としての責務を果たせなかったことを恥じております。両親の墓を村に作り直し、この子には村で一生をかけて償《つぐな》いを」

長老の言葉に私は首を横に振った。

「お父さんとお母さんのお墓はあの場所のままがいいの。それに、私はアデラやジークと一緒に暮らしたい！」

二人の声が聞こえたあの場所に私はお花を供えたいから。そしてジークたちと一緒に生きていきたい。

「アクアリーテ……姫、この子はこう申しておりますがいかが致《いた》しましょう。無論、村の者には今後愚かな真似をさせはいたしませぬ」

アデラは私を見つめると言った。

「本気なのかい、アクアリーテ。それは倒魔人になるってことだよ？」

「うん！　言ったでしょ、私、沢山魔法を覚えて二人を助けるって！」

アデラは私の頭を撫でる。

「ああ、そうだったね」

そして、アデラは私の傍にいる七色の髪の少女を見つめる。私はここにくる道すがら彼女のことをアデラに話していた。

「水の中の私、か。このハイエルフの森は大いなる霊気《れいき》に満ちている。そこに両親の願いや、アクアリーテの強い思いが宿ったんだろうね。魔法を覚えたアクアリーテの祈りの力に応えるように生まれてきたんだろう」

「ア……クア」

七色の髪の彼女は、たどたどしい口調《くちょう》で私に呼びかける。私はその手を握った。

「ありがとう……いつも私と一緒にいてくれて。本当にありがとう」

「アクア……ずっと一緒」

その言葉に、私の頬にはポロポロと涙が流れ落ちる。

長い間一人きりだった私にとってのたった一人の友達。私は彼女を抱きしめた。

その時、彼女の体が光り輝く。

アデラが私に言う。

「どうやら、アクアリーテと契約をしたがってるようだね。生まれたてにもかかわらず、とても強い力を持った精霊だ。成長したらいい精霊になるだろうさ」

私もずっとこの子と一緒にいたい。私の大事な友達だから。

「アデラ、どうしたらいいの？」

アデラは私に精霊との契約の方法を教えてくれた。そして最後に言う。

「アクアリーテ、この子はあんたが生み出した特別な精霊だ。名前をつけておやり、それが契約の最後の条件になる」

私は大きく頷いて暫く考えると、彼女の名前を決めて呼んだ。

強く輝く彼女と私、そして私たちは一つになっていくのを感じた。

◇　◆　◇　◆　◇

「ティアナぁあああああ！！！」

切り裂かれたアクアリーテの姿を見て、地下庭園にロザミアの悲痛な叫びが響き渡る。

四英雄の内二人は瀕死《ひんし》となり、そしてもう一人は全身を引き裂かれて死んだ。

深い悲しみと絶望感がその場を支配していく。

そんな中、勝利を確実なものにしたレディンは哄笑《こうしょう》した。

「ふふ、ふはは！　長かったぞ。この二千年の間、ジーク、貴様らに味わわされた屈辱《くつじょく》を片時も忘れたことなどない。だが、これで余の勝利だ」

静まり返る地下庭園にレディンの笑い声だけが響いている。

ゼキレオス王は思わず膝《ひざ》をつく。

(四英雄が、レオンたちが敗《やぶ》れたというのか。なんということだ)

それはつまりアルファリシアの滅亡を意味する。

いずれ周囲にある繭は孵り、この国の民は魔神とその使徒たちに蹂躙《じゅうりん》されるだろう。

いや、この国だけではない、世界中がそうなる。

この地が世界の滅亡の始まりの地になるのだ。

ゼキレオスは怒りに震えレディンを見上げると、手にした剣を強く握り締める。

彼らが絶望の淵《ふち》に落ちていく中、ジークは勝ち誇るレディンの顔を静かに見上げると言った。

「違うなレディン」

その声は辺りに響き渡り、とても瀕死の敗北者のものとは思えない強さがあった。

「何だと？」

レディンはジークを見下ろしながら問う。

その眼光を撥ねつけてジークは答えた。

「聞こえなかったのか？　違うと言っている。勝ったのは俺たちだ、レディン」

あまりにも意外なジークの答えにレディンは一瞬呆然としたが、すぐに怒りの形相《ぎょうそう》になっていく。

「愚か者が！　何を戯言《ざれごと》を‼」

だがその時、レディンの目が大きく見開かれる。

刎ね飛ばしたはずのアクアリーテの体が水へと姿を変え、辺りを渦巻《うずま》いていく。

「これは！」

その水は周囲に無数の水の女神の姿を作り上げていった。

「馬鹿な！　幻影《げんえい》だと、余にそんな子供だましが……」

レディンが言うように、もしもそれが只の幻影ならばレディンの目を誤魔化《ごまか》すことなど出来ないだろう。

しかし、水から生まれた彼女の分身は全て強力な魔力を宿しており実体が伴《ともな》っている。

「おのれ‼」

レディンは激怒の声を上げると六枚の翼を自分の体の傍へと引き戻し、瞬時に凄まじい力を込めて周囲に現れたアクアリーテの分身を全て薙ぎ払う。

その中に本体がいるのであれば、決して逃れ得ぬ死を与えるために。

四肢《しし》をもがれ、首を刎ねられる無数のアクアリーテの姿に、ロザミアたちは息を呑む。

それはあまりにも凄惨で、しかし幻想的な光景だ。

刎ね飛ばされたアクアリーテの体は皆、美しい水の流れと変わり、辺りに巨大な渦を作り上げていく。

この膨大な水が一体どこから来たのか、そう思わせるほどに。

流れは次第にレディンの体に巻き付き、水で出来た鎖《くさり》のように彼を拘束していく。

それを見てレディンが咆哮《ほうこう》を上げる。

「なにぃい！！？　おのれぇええ！　小賢《こざか》しい真似を‼」

レディンは凄まじい力で水の鎖を振りほどくが、それは何度も体に巻き付き、振りほどくことが出来ない。

鎖にはびっしりと古代の魔法文字が書かれている。

空中で様子を見ていたジュリアンはその時、強烈な魔力の発露《はつろ》を感じて上を見上げる。

「レディン！　上です‼」

「なん……だと⁉」

レディンも視線を上に向けた。

彼らの更に上、まるで地上にいるかのように錯覚《さっかく》させるほどのこの巨大な地下庭園の上空で、一人の女性が静かにレディンを見下ろしている。

アクアリーテだ。

だが、発せられる魔力はあまりにも膨大で、先ほどまでの彼女の力を遥かに超えている。

ジュリアンはその時、このアルファリシアの地に巨大な結界が張られるのを感じた。

「これは……あり得ない。都を、いいえそれすらも超えた範囲で結界が張られている。こんな真似を、いつの間に一体どうやって⁉」

大国アルファリシアの都さえも超えて更に広く、数十キロはあろうかという範囲で突如現れた巨大な結界。あり得ないサイズのものだ。

アクアリーテの美しい唇が宣言する。

「倒魔流秘奥義、水牢結界陣《すいろうけっかいじん》。レディン、もう貴方たちはこの外には出られない。貴方が生み出した魔神の使徒たちもね」

彼女の周囲に渦巻く水は、庭園を含む地下空間全体を覆《おお》うドーム状の結界を作っていた。その結界は凄まじい力を彼女に与えている。

水牢結界陣、まさにその名の通り、水の檻《おり》の中に敵を封じる牢獄《ろうごく》だ。超越者を名乗るレディンさえも水の鎖で拘束しようとしている。

しかしこの牢を作り上げている膨大な水は一体どこから来たのか。

レイアはハッとしたような表情でアクアリーテを見つめる。

そして呟いた。

「まさか……この都に広がる地下水脈を」

それを聞いてミネルバが思わず声を上げた。

「そうか、大陸一の都の人々を支えるには膨大な水が必要になる。井戸を掘るだけで水が湧き出すこの土地には、豊富な地下水脈が眠っている」

ゼキレオスも頷いた。

「周囲の豊かな森も巨大な水源に支えられておる。この水はそこから……」

彼らが言うように、水の女神と呼ばれる彼女の力を高めるこの結界を作り上げているのは、アルファリシアの豊かな水脈だ。

だが、解《と》けない謎《なぞ》が残っている。

シルフィが美しい結界を見上げながら呟く。

「でも、いつ？　どうやって？　アクアリーテはずっとここにいたわ。ここでジークたちと一緒に戦っていたはず」

そう、それだけの広範囲の水に、結界を張るために必要な術をいつかけたのかということだ。

（いくらアクアリーテでも、なんの下準備もなくこの場からこれだけ広い範囲の水源を操ることなんて出来るはずないわ）

水の鎖に拘束されていくレディィンは、怒りの眼差しでアクアリーテを見上げた。

「おのれ！　貴様、一体何をした‼」

アクアリーテはレディィンを眺めながら答える。

「レディィン、貴方は己の力に溺《おぼ》れ、私たちにもう一人心強い仲間がいることを忘れている。それが貴方の敗因よ」

「仲間だと！！？」

アクアリーテの周囲を渦巻く水は飛沫《しぶき》を上げ、飛沫の間を小さな何かが舞っている。

その姿は水で出来た小さな妖精のようだ。

とても小さく、可憐な姿。彼女たちは指先で水の表面に魔法文字を書いていく。

どうやら、周囲一帯の水源から結界に必要な水を集めてきたのは彼女たちのようだ。

そして、アクアリーテの周りで口々に言った。

「やったぁ！　作戦成功ね、アクア」

「でも、二度と私のことを忘れたりしたら許さないんだから」

「そうよ！　私たちはずっと一緒なんだから。そうでしょ？　アクア」

少し場違いなぐらい陽気《ようき》に踊《おど》る彼女たち。

アクアリーテは彼女たちを見つめて微笑むと頷く。

「ええ、封印された記憶の全てを私は忘れてしまっていた。ジークたちのことも、そして貴方のことさえも。でももう忘れたりしない、絶対に！」

「約束よ、アクア！」

彼女の言葉に満足したかのように可憐な水の妖精たちは、水流と共に渦を巻きアクアリーテの頭上へと集まっていく。

それを見てフレアとシルフィが息を呑む。

「あれは！」

「まさか……」

水の妖精たちは一つになると一人の女性の姿へと変わっていった。

先ほどの陽気な妖精のような姿とは打って変わって、見とれるほどの美しい女性の姿。

周囲の揺らめく水が光を反射し、髪は七色に輝いている。

オリビアはその姿を見て思わず声を上げた。

「なんて美しいの。まるでもう一人の水の女神」

ミネルバも頷く。

「七色の髪を靡かせたあの姿。ジェフリーが持っている四英雄の伝承《でんしょう》の本の中で見たことがある。あれは、もしや伝承に描かれた大精霊」

ミネルバの兄弟子であるギルドマスターのジェフリーは四英雄に関する本の収集家で、彼らの熱烈《ねつれつ》な支持者だ。

幼い頃に、半《なか》ば強引に見せられたその本の中に描かれていた七色の髪の大精霊の姿を、ミネルバは思い出す。

オベルティアスが懐《なつ》かしげに呟く。

「水の女王……そうか、水の女神の記憶の封印が解けた今、彼女も」

フレアとシルフィが叫ぶ。

「「ウィンディーネ！！！」」

それはかつて水の女王と呼ばれた、アクアリーテの使い魔である精霊ウィンディーネだ。

彼女は二人を見ると微笑んだ。

「久しぶりね、フレア、シルフィ！　それにオベルティアスも」

その目には涙が浮かんでいる。

古の時代、共に戦った仲間の証だ。

同時にジークとエルフィウスの髪の中から先ほどの小さな妖精、ウィンディーネの分身がそれぞれひょこっと姿を現す。

自慢げに胸を張る小さなウィンディーネ。死闘の最中、ジークたちに秘密裏《ひみつり》に作戦を伝えたのは彼女たちだろう。

小さいながらも、その手でジークとエルフィウスの傷に触れると癒《いや》していく。

治療《ちりょう》の最中に立ち上がろうとするジークを、小さな体を大の字にして止める。

「ちょっと！　動かないでジーク。まだ傷が塞《ふさ》がってないわ、あと少しで死ぬところだったのよ。今治療してるんだから！」

同じく立ち上がろうとするエルフィウスを見て、彼を治療している妖精姿のウィンディーネも呆《あき》れたように言った。

「まったく無茶ばかりして。そんなところは二千年前から全く変わってないんだから」

ツンとした顔でそう言いながらも嬉しそうに言う。

「でも、フレアを見捨ててたら許さなかったわ。ふふ、やっぱりジークね」

そして、アクアリーテの傍に立つ七色の髪を靡かせた大精霊ウィンディーネは、レディンを見ると言い放つ。

「レディン、貴方もしぶとい男ね。二千年経った今も生きているなんて。でも覚悟することね、今度こそ終わりよ。私とアクアリーテが作ったこの結界は貴方を鎖で繋ぐ監獄《かんごく》でもあるのだから！」

魔法文字が書かれた鎖の力が、陽炎で逃れることさえも封じている。

それを知ってレディンは激怒した。

「おのれぇぇぇえ！　精霊ごときが余をたばかりおって‼」

ウィンディーネは大げさに怖がるそぶりをしてみせると舌を出した。

「おお怖い。でも、その鎖はいくらあがいても外せないわよ」

おどけたふりをした後、氷のように冷たい眼差しでレディンを見つめる。

「この結界はアクアリーテが全てを懸けて作り上げたもの。貴方のような悪魔を倒すためにね」

その言葉にジュリアンが妖しく目を光らせると、アクアリーテへ問いかける。

「豊富なこの地の水脈、そして水の女王の存在。ですが、それだけだとは思えない。超越者と化したレディンを束縛《そくばく》するほどの力……水の女神よ、一体貴方は何を代償《だいしょう》にしたのです？　かつて貴方は自らの記憶を代償に仲間たちを転生させた。これほどの術を使うためには、それに匹敵する代償が必要になる」

答えようとしない水の女神の表情を窺《うかが》いながら、ジュリアンは笑みを浮かべた。

「そう、これはその精霊の言葉通り、貴方の全てを懸けて作り出した結界だ。同じ術師として、その強い思いを感じますよ。貴方が懸けたのは恐らくは自らの命。この結界が破られた時、貴方は死ぬ。言葉にしなくとも、貴方の瞳に宿る覚悟がそう語っています」

それを聞いて皆、息を呑む。

ウィンディーネはジュリアンに余計なことを悟られ、軽口《かるくち》が過ぎたと口をつぐんだ。

ジークは声を上げる。

「まさか……アクアリーテ、本当なのか？」

かつて、アクアリーテを守り切れなかったことを今でも悔《く》やんでいる彼にとっては、彼女が重い代償を背負《せお》って術を放つことは、何よりも恐れていることだろう。

アクアリーテはそんなジークを見つめながら微笑んだ。

「ええ、ジーク」

そして、何かを思い出すように遠い眼差しになる。

「アデラは私に教えてくれた。絶望しかない暗闇の中で、それでも前に進むためには勇気と断固《だんこ》たる決意が必要だと。その強い思いだけが暗闇を照《て》らす光になるのだと」

彼らは、魔竜《まりゅう》の群《む》れと魔神ゼフォメルドから町を守るために戦い、命を落とした後も立ったまま真っすぐに前を向いていたアデラの姿を思い出す。

「地上で暮らす人々ためにも、この結界は決して破らせない。ここで私たちが全ての決着をつけるの！　そうでしょ、ジーク‼」

結界の力とアクアリーテの強い思いが、彼女の力を極限まで高め、右手の紋章を強く輝かせる。

そして額にはジークと共鳴するかのように、白い紋章が浮かび上がった。

その温かい光を感じてアクアリーテは涙を流す。

「アデラ、貴方の力を感じる」

結界を自ら解けば彼女の命が失われることはない。だが決してそうはしないだろう。

あの時、アデラが人々のために最後まで戦ったように、地上に生きる全ての命のために。

ジークはアクアリーテの思いに応えるために、剣を握ると立ち上がる。

「アクアリーテ、お前の言う通りだ。行くぞ、エルフィウス。ここで決着をつける！」

「ああ！　ジーク‼」

二人の傷はようやく塞がったようだが、先ほどまで瀕死の状態だっただけにその顔はまだ青ざめている。

ジークを治療し、ちょこんと肩の上に乗っている小さなウィンディーネが心配そうに言った。

「ジーク、まだ無茶しちゃ駄目《だめ》よ」

そう言った後、首を横に振った。

（言うだけ無駄よね。アクアリーテの命が懸かっているなんて知ったら、死んだって引かない人だもの）

ため息を吐くと言い直す。

「勝って！　ジーク‼」

「ああ、ウィンディーネ！」

そう答えるとジークとエルフィウスは全身に気合を込める。

「うぉおおおおおお‼」

同時に、ジュリアンが金の錫杖を地上へと投じた。

「水の女神よ、貴方のその覚悟に敬意《けいい》を表して私も全てを懸けて戦いましょう。どうやら貴方がた相手に奥の手を隠す余裕などないようですから」

地上に突き刺さった錫杖は巨大な赤い魔法陣を描き、大地が鳴動《めいどう》する。

そしてまたも地上に裂け目が出来、そこから漏れ出た赤い光が強烈に輝く。

大きく揺れる大地に、ミネルバたちは思わず膝をついた。

「気を付けろ！　大きいぞ‼」

レイアも声を上げた。

「今までで一番大きな揺れです！　陛下、オリビア様‼」

ゼキレオスはオリビアを腕に抱き寄せながら頷く。

「大丈夫だ、心配はいらぬ！」

オリビアはジークたちを見つめながら祈り続ける。

「レオン……」

ロザミアは華麗に宙を舞いながら叫んだ。

「主殿！　ティアナ‼」

そして、周囲の繭を切り裂いた。

（主殿がティアナが命を懸けて戦っている！　私も、私に出来ることをやるのだ‼）

ロザミアのそんな姿を見て、フレアとシルフィも奮い立つと再びジュリアンに対峙する。

「一体何をしたの？　この光は何？」

大地の裂け目から溢れ出る光を眺め、シルフィはそう問いながら思う。

（この赤い光はどこから来ているの？　はじめはジュリアンが作り出した魔法陣が放つ光だと思っていた。でも違う、これはもっと奥深くから放たれているわ）

シルフィの問いにジュリアンは答えた。

「言ったはずですよ、ここは約束の地だと。貴方がたに水脈という地の利があったように、ここは私たちにとっても地の利のある場所だということです」

「地の利ですって？」

シルフィは牙を剥きながら訝しげにジュリアンを睨んだ。

その時、レディンが咆哮を上げる。

地の底から溢れ出る赤い光を浴《あ》びてその体は一回り大きくなっていき、血走った目がジークたちを射抜いている。

「許さん！　許さんぞ、ジーク‼　貴様たちを必ず殺す！」

凄まじい殺気がレディンに漲《みなぎ》ると、その体を拘束している水の鎖が激しく軋《きし》んだ。

鎖が音を立てて千切《ちぎ》れていく。

ウィンディーネが驚愕して声を上げる。

「そんな……あり得ないわ！　この鎖を引き千切るなんて‼」

全ての鎖が千切れたその刹那、レディンが凄まじいスピードで自らの頭上を目指す。

「忌々《いまいま》しい女よ！　まずは貴様から死ねぇぇぇぇぇい‼」

だが、その時にはジークとエルフィウスもアクアリーテを守るべく動いていた。

それを横目で見ながら、レディンは嘲笑う。

「くく、馬鹿め！　この女に直接手を下さずとも殺す方法はある。倒魔流秘奥義、陽炎！」

そして、次の瞬間、レディンはその場から姿を消した。

シルフィはハッとして叫んだ。

「ジーク、結界よ！　レディンは結界を破壊するつもりだわ‼」

アクアリーテが自らに課した代償――この結界が破られた時、彼女は死を迎《むか》える。

ならば彼女自身を手にかけずとも、結界を破壊すればいい。

これほど強力な結界といえど、超越者を名乗るあの男であれば突き破ることが可能かもしれない。そう思うとシルフィは背筋が凍る。

だが、仮に目的が分かったとしても、レディンがどこに現れるのかが分からない。

これだけ広範囲な結界の全てを守り切ることなど不可能だ。

シルフィがそう思った時にはすでに、レディンは姿を現していた。

アクアリーテがいる場所とは全く違う方向に現れたレディンは、一直線に結界を破ろうと突き進んでいる。

フレアが叫ぶ。

「ジークぅぅう‼」

その叫びを背に聞きながらレディンは笑う。

「ふ、ふはは！　終わりだ！　最後に勝利を掴むのは余だ‼」

だが、その時、背後から凄まじい闘気を感じてレディンは身を翻す。

「レディン、言ったはずだぞ。勝つのは俺たちだとな！」

「なにぃいいい！」

同時にその肩に刀傷が刻まれた。

結界への突進を止め、レディンを振り向かせたのはジークだ。

レディンを追ったジークの代わりに、エルフィウスは結界の要《かなめ》とも言えるアクアリーテを守っている。

「馬鹿な‼　何故貴様がここに！」

怒りの形相を浮かべるレディンに、ジークの肩の上に乗るウィンディーネが答える。

「どこに行っても無駄よ。貴方は確かにあの鎖を引き千切った。でも、その細い糸には気が付かなかったみたいね」

「糸だと？」

ウィンディーネの言葉に、レディンは自分の体に見落とすほどの細い糸が絡み付いていることに気付く。

その糸は長く伸び、アクアリーテの傍にいる七色の髪のウィンディーネの指先へと繋がっている。

彼女はレディンに言った。

「この糸は結界の中にある僅かな水蒸気《すいじょうき》から作り出したもの。貴方がどこにいようがこの糸から逃れることは出来ない」

もしもウィンディーネが言うようにそれが周囲の僅かな水から作り出されたものなら、たとえそれを切ったとしても、すぐに新しいものがレディンの体に絡み付くだろう。

実際にウィンディーネの指先から伸びる糸は一本ではない。その全ての指から糸は伸び、レディンの体のいたるところに巻き付いていた。

「陽炎を使ったとしても、結界を破壊しない限りこの閉じられた空間からは逃れることは出来ない。そして結界の中にいる限り、たとえ別次元に逃れたとしても私の糸は貴方の居場所を追跡《ついせき》する。言ったでしょう、レディン。ここは貴方を封じる監獄だってね」

ジークの肩の上には小さなウィンディーネが乗っている。

追跡結果をジークに伝えたのは彼女だろう。

ジークはレディンを見据《みす》えると宣告する。

「レディン、もうお前に逃げ場所などない」

その瞬間、レディンの六枚の翼がジークたちを覆う影のように大きく広がっていく。

「余が貴様から逃げるだと！　帝王であるこの余が！　許さんぞ、ジーク！　子に過ぎぬそなたが父である余に勝つことなどあり得ぬのだ、死ぬが良い！！！」

レディンの光と闇の紋章が強烈な輝きを見せる。

それに呼応してジークの紋章も輝きを増す。

二千年前、ジークが父レディンに城を追われた時のように再び対峙する二人。あの時、魔力がないと馬鹿にされ城を追われた少年は、成長し世界を救うため、自分を捨てた父親の前に立っている。

その額の光の紋章が強烈な輝きを放ち、アクアリーテのそれと共鳴する。

頭上を覆い隠すほどに広げられたレディンの翼が、一気にジークに襲い掛かった。

肩に乗るウィンディーネが叫ぶ。

「来るわ！　ジーク‼」

その刃がジークを切り裂いたかと思われた瞬間――

彼を襲った六枚の翼は全て切り落とされ、宙に舞った。

「なに！！？　馬鹿な‼」

そう呻いたレディンでさえ見ほれるほどの鮮やかな太刀筋。ジークは光の速さで円を描くように鮮やかに死の刃を切り伏《ふ》せる。

レディンの目が見開かれる。

「その技は……あの女の！」

ジークは静かにレディンを見つめる。

「そうだ、これはアデラの技だ。誰よりも強く、そして誇り高かったアデラのな！」

「おのれぇええええ‼」

翼を失い、両手のかぎ爪でジークの胴を横薙ぎにしようとするレディン。

その瞬間、ジークの太刀筋は光の輪《わ》になって、レディンの腕を切り裂くと――

「おおおお！　倒魔流秘奥義、魔破光輪《まはこうりん》‼　終わりだレディン！」

「馬鹿な！　余が、この世界の帝王であるこの余が‼　ぐぉおおおおおお！！！」

かつて最強の倒魔人と呼ばれた銀獅子姫アデラの奥義が美しい光を放ち、宿敵《しゅくてき》の首を刎ねた。

師の技のように鮮やかに、そして獅子王と呼ばれる彼に相応しいほどに力強く。

師の技を更に昇華《しょうか》させ描かれた太刀筋は、光と炎を纏っている。

二つの紋章が極限まで高められたからこそ放つことが出来た必殺の剣。ジークの額には光と炎の紋章が重《かさ》なり合い、強い輝きを放っていた。

エルフィウスは目を細める。

「見事だジーク」

アクアリーテはそんなジークの姿を見て涙を流した。

「ジーク……アデラ、私たちやったわ。今度こそレディンを倒したのよ」

レディンの首は断末魔の叫びを上げながら地上へと落ちていく。

そして、その体は地震で鋭く隆起《りゅうき》した尖《とが》った岩の上に突き刺さり、地響きを上げた。

ピクリとも動かなくなった姿を見て、オリビアは呟いた。

「レオンたちが……勝ったのね、お父様」

「ああ、リヴィ！」

娘の言葉にゼキレオスは頷き、ジークたちを見つめる。

「獅子王ジーク、そして水の女神、雷神よ。なんという見事な戦いぶりなのだ。伝承に描かれた通りの、いや彼らはそれ以上の英雄だ」

ミネルバとレイア、そしてロザミアは互いに顔を見合わせ、皆で勝ち取った勝利に声を上げた。

ジークたちだけではない、精霊たちも、そしてロザミアたちも自分たちが出来る戦いを成《な》し遂《と》げたのだから。

誰もが勝利を確信したその時——

この場にいる誰もが、何者かの気配を感じて自らの足元を見る。

エルフィウスは思わず声を上げる。

「……何だ、今の気配は。ジーク！　アクアリーテ‼」

彼の声にジークたちも頷く。

「今のは一体」

「ええ、ジーク。今確かに何者かの気配を感じたわ」

ウィンディーネは岩に突き刺さっているレディンの体とその傍に転がる首を見つめる。

「まさか、レディンが？」

相棒の言葉にアクアリーテは首を横に振った。

「いいえ、レディンのものじゃない。それにここよりもっと地下深くから感じたわ」

その時、今までにない大きな地震が地面を揺るがす。

地下庭園の大地の亀裂が大きく広がると、その一部が崩れて地下深くへと崩落《ほうらく》する。

ミネルバが叫ぶ。

「気を付けろ、崩れるぞ！」

その言葉通り、彼女たちが立っている場所も裂け目が広がり、オリビアの足元が一気に崩れ落ちた。

「――‼」

声も出せずに奈落《ならく》の底に落ちていくオリビアに、傍にいたゼキレオスが必死に手を伸ばす。

「リヴィ！！！」

だが、伸ばした手も虚《むな》しくオリビアは地の底へと落ちていく。

その時、白い翼を持つ天使がオリビアを目掛け翼を羽ばたかせた。

ロザミアだ。

「はぁあああああ‼　白翼天舞！！！」

彼女に新たに目覚めた白翼人の力が翼を輝かせ、舞うようにオリビアの傍へとその身を運び、彼女に手を伸ばす。

「オリビア！　私の手を掴め‼」

「ロザミア‼」

そう叫ぶと、王女はロザミアに向かって必死に手を伸ばす。

地上からミネルバの絶叫が響いた。

「オリビア様！　ロザミア‼」

その顔は青ざめている。

必死に手を伸ばすロザミアの頭上に、巨大な岩が迫っていたからだ。

崩落した地面の一部が巨大な塊《かたまり》となって、オリビアを救おうとする彼女を押しつぶそうとしている。

オリビアは叫んだ。

「ロザミア！　逃げて‼」

このままだと二人とも死ぬ。

ならせめてロザミアだけでも。

だが、ロザミアはそれでも諦めず手を伸ばし続ける。

「駄目ぇぇぇ！！！」

オリビアはロザミアのすぐ傍に迫る巨岩を見て絶叫した。

もう駄目だと思った瞬間、ロザミアは頭上の岩が切り裂かれるのを見た。

それは二つに分かれ、彼女たちの横を掠めるようにして落ちていく。

「ロザミア！！！」

岩を両断したのはジークだ。

それと同時にロザミアはオリビアの手を掴み、宙を舞う。

「主殿‼」

そのまま、三人は巨大な亀裂によって生まれた、切り立った崖《がけ》の中腹《ちゅうふく》へと身を躍《おど》らせる。

ジークは上からの落石に気を配《くば》りながら、二人に声をかける。

「大丈夫か？　ロザミア、オリビア！」

「ええ、レオン」

ロザミアはジークのことを見つめると頷く。

「うむ！　主殿、私は主殿におむすびを食べてもらうまでは死ねないのだ」

「おむすび？」

首を傾げるジークにロザミアは満面の笑みを浮かべる。

「はは、こんな時でも食べ物の話か。ロザミアらしいな」

ジークはそんなロザミアに思わずつられて笑いながらも、先ほど感じた気配に思いを馳《は》せる。

（それにしてもあの気配は一体何だ？　そしてこの地震は……レディンは確かに倒した。これで終わりのはずだ）

揺れが完全に収まり、ジークはふと巨大な亀裂の下を見る。

先ほど異様な気配を感じたのはこの先からだ。

そして、地の底にぼんやりと浮かび上がったものを見てジークの目は見開かれる。

彼の顔を見て、ロザミアとオリビアも自分たちが落ちかけた奈落の底を眺めた。

「な………………」

そう言って言葉を失うオリビア。ロザミアも驚愕の表情でその場に立ち尽くした。

「主殿！　あれは一体何なのだ？　どうして、こんな場所にあんなものが！！」

ロザミアが衝撃を受けるのも当然だろう。

彼らの眼下に広がっているのは赤い光に包まれた巨大な都市だった。

それはアルファリシアの都よりも遥かに大きなものに見える。

こんな地下深くに、あり得ない光景だ。

上を見上げると、ジュリアンが神龍の翼を大きく広げてこちらを眺めているのが見える。

ジュリアンはジークを見つめると静かに口を開いた。

「ふふふ、獅子王ジーク。貴方は超越者と化したレディンすら倒した。間違いなく、史上最強の英雄です。ですが、貴方はまだこの星の真の姿を知らない。そして、英雄紋と呼ばれる紋章に隠された秘密さえもね」

「英雄紋の秘密……この星の真の姿だと？」

思わずジークはそう呟いた。

（一体奴は何を言っている。この光景は何だ？　そしてあの異様な気配は）

先ほど感じた気配はレディンとは違う存在が放ったものだ。

だが、どこかに似通《にかよ》ったものを感じる。

ジュリアンの声が妖しく響く中、その場にいる誰もが地下深くに広がる謎の巨大都市に目を奪われていた。

３　異変

ジークたちとレディンの勝負に決着がつく少し前のこと。地上の都では度重《たびかさ》なる地震と、地下から湧き出るように溢れる赤い光に人々は騒然《そうぜん》となっていた。

王宮の堅固《けんご》な城郭《じょうかく》の一室に作られた執務室《しつむしつ》では、この国の第一王子である王太子クラウスのもとに騎士たちが集まっている。

彼らを指揮《しき》するのは黄金騎士団の副長であるセーラだ。

舞踏《ぶとう》侍女と呼ばれ、ラビトルアス族特有のうさ耳と美しくも可憐なその姿からは想像も出来ないほどの剣の腕前を持つ女性である。

ミネルバたち三大将軍の不在により、全ての騎士団の指揮権は今、セーラに任されていた。

現在都で起きている非常事態を考え、セーラは爪を噛む。

（陛下やレオンたちを追って地下へと向かったミネルバ様たちも未だに帰ってこない。一体、この都で何が起きているの？）

地下での死闘を、彼女はもちろん知る由《よし》もない。

セーラはクラウスを見つめ、意を決して進言した。

「クラウス様。クラウス様は今すぐ都を離れるべきですわ。護衛《ごえい》は私たちがいたします」

彼女の提案にクラウスは首を横に振る。

「セーラ、そうはいかん。王である父上の無事の確認が出来ない状況で、私がこの地を離れることは出来ん」

「だからこそです、クラウス様。陛下に万が一のことがあった時には、クラウス様が王となるのです。そのためにも退避《たいひ》を！」

彼女の真剣な眼差しに、クラウスは何故か笑みを浮かべた。

それを見てセーラは思わず声を荒《あら》らげる。

「クラウス様！　今は非常時です、冗談《じょうだん》でこんなことを申し上げているのではないわ‼」

壮健《そうけん》で騎士王と謳《うた》われるゼキレオスが没《ぼっ》することなど、誰も想像だにしていない。

だが、現状ではそれも考えての行動をすべきだと、セーラはもう一度クラウスに進言する。

「殿下、今すぐ王都から退避を！　次代の王となるべきクラウス様をお守りすることが、私の責務なのですから」

クラウスは彼女を見つめながら答える。

「違うな、セーラ」

「え？」

セーラは戸惑《とまど》いの表情で王太子を見つめる。

「何が違うと仰《おっしゃ》るのです。陛下だけではありません、ミネルバ様もシリウス団長もいない。あのレオンも戻らないのです！　最悪の事態を考えるべきですわ」

「だからこそだ、セーラ」

クラウスはそう言うと、執務室に置かれた椅子《いす》から立ち上がる。

「もし、父上に万が一のことがあった時、真っ先に逃げ出すような男を誰が次の王と認める？　私ならそんな男は決して認めはしない」

王太子の言葉を聞いてセーラはハッとする。

大陸一の大国であるアルファリシアをまとめ上げるのは、王という地位や肩書だけではない。

それに相応しい威厳と風格《ふうかく》がなければ決して務《つと》まりはしない。

つい先日、実際に次の王位を狙い、クラウスやオリビアに策を仕掛けた王弟バーナードは、愚かさゆえに惨めな醜態《しゅうたい》を晒《さら》し、その資格がないことを明らかにする羽目《はめ》になった。

その一件が起こったレオンの特級名誉騎士の就任《しゅうにん》式のことを思い出して、クラウスは楽しげに笑う。

「私はレオンを気に入っている。あの男がいつものようにとぼけた笑顔で現れた時、友として語り合える男でいたい。守るべき民を見捨てて我先に逃げる卑劣漢《ひれつかん》となるよりはな」

大公《たいこう》バーナードが言いがかりをつけてきても、一歩たりとも引かなかったレオンの姿をセーラも思い出す。

そして、クラウスを見つめると微笑んだ。

「ご立派です殿下。貴方に仕《つか》えることが出来るのを、誇りに思いますわ」

「はは、セーラ。小言ばかりのお前にそんなことを言われるとは、明日はこの都に雪が降るかもしれんな」

そんな軽口を叩いた後、クラウスは表情を引き締めるとセーラに命じる。

「民の全てがこの地から避難《ひなん》するまで、私が王宮を離れることはない。騎士団に命じよ！　民の避難、そして国庫《こっこ》を開き必要な食料や物資を運び、安全な地に民のための野営地を作れ。そのために命を懸けろとな」

「はい、クラウス様！　すでに冒険者ギルドのマスターにも協力の依頼はかけています。

彼らも騎士団と共に任務《にんむ》を果たしますわ」

「ジェフリーか。あの男は頼りになる」

セーラは冒険者ギルドにも使いを出して協力の要請《ようせい》をしていた。

今頃はギルドマスターのジェフリーを中心に民の避難にあたってくれているだろう。

その時、再び都の大地が揺れ動く。

セーラは城壁《じょうへき》の窓から外を眺めるとレオンのことを思う。

（それにしても、一体この都で何が起きているの？　生きているわよね。レオン……）

例えようのない胸騒ぎを感じながらも、セーラはクラウスと共に自らの責務を果たすことを心に決めた。


一方その頃、鍛冶《かじ》職人の娘アスカは両親と共に都の大通りを走っていた。

はじめは只の地震かと思っていた彼らも、繰り返す余震《よしん》とまるで地の底から湧き出してくるような不気味な赤い光を見て、都からの避難を決意したのだ。

他の職人たちも、それぞれの家族を連れて都を出るために工房《こうぼう》から離れている。

無論、彼らだけではなく、殆どの都の人々が慌《あわ》てふためいて脱出を図《はか》っているため、大通りは人で溢れていた。

中には家財を載せた大きな台車を引いている者や、立ち往生《おうじょう》している貴族の馬車もあり、それが通りの混雑ぶりに拍車《はくしゃ》をかけている。

アスカの父は、妻と娘に声をかける。

「二人とも俺の手を離すんじゃねえぞ！」

「ええ、貴方！」

「うん、お父さん！」

アスカは父の手をしっかりと握る。

そして、唇を噛み締めた。

（どうしてこんなことに……）

アスカの思いも当然だろう。

本来、今日は彼女にとってとても喜ばしい日だったのだから。

国王の前でヤマトの料理を披露《ひろう》して、ゼキレオス王から賛辞《さんじ》が贈《おく》られた。

そして、大陸有数の商会を運営するジェファーレント伯爵《はくしゃく》夫人フローラやその娘のエレナから、ヤマトの料理を出す店を任される話まで貰うことが出来た。

それらは勿論《もちろん》誇らしい。でも、一番嬉しかったのは、幼い頃から聞かされてきた土地神様に愛された料理が皆に認められたことだ。

自分たちで育てた特製の米をほかほかに炊《た》いて、その上に鰻《うなぎ》のヤマト焼を載せる。それはアスカの得意料理だ。

甘辛いタレがかかったフワフワの鰻の身と炊き立ての米の味。それを皆で味わったのは、まだほんの少し前の話である。それなのに……

足元からは相変わらず赤い光が漏れ出しているのが見える。

この地で、自分には想像もつかないことが起きているのではないかという不安に、思わずアスカは祈る。

（土地神様、どうかご加護を）

二千年前、祖先の村を命懸けで守ってくれた土地神様の話がアスカは大好きだ。

ほむらとフレアという二人の土地神様が仲良く境内《けいだい》に座り、鰻のヤマト焼を食べている。

そんな挿絵《さしえ》が描かれた絵本を、母に何度もせがんで読んでもらったものだ。

幸せそうな二人の笑顔。挿絵に描かれたフレアという娘は、どこかアスカが知るフレアに雰囲気《ふんいき》が似ている。

鬼の血を引き、同じ名前というだけだとは思えない。

父と母は気のせいだと笑ったが、アスカにはやっぱりフレアのことが他人とは思えなかった。

二千年前の話だ、そんなことはあり得ないとは分かっているのに。

森の中で、一緒に鰻を釣《つ》った楽しい思い出が脳裏《のうり》に浮かんでくる。

滝《たき》つぼの中に引き込まれてしまいそうな竿《さお》を、慌てて一緒に捕《つか》まえて鰻を釣り上げた。

そして、顔を見合わせて笑う。

鬼の角を持つ少女との時間は、まるで大好きな土地神様と過ごす時のように思い出されて、アスカを王宮の方角へと振り向かせた。

「フレアさん……」

一体、彼女は今どこにいるんだろうか？

無事なんだろうか？

（レオンさんやみんなも、どうか無事でいて！）

ふと、アスカがそんなことに気を取られたその時、すぐ脇《わき》の通りから人の群れがなだれ込み、それがアスカと父の手を引き離す。

人の流れに分断された親子の声が響く。

「アスカ！！！」

「お父さん‼」

母の声も聞こえたが、それはあっという間に人の渦にかき消されていく。

呆然と立ち尽くすことも出来ず、アスカは人波に呑まれていった。

不安に襲われるが、何とか自分を落ち着かせる。

（都の外に行かなきゃ……大丈夫、お父さんもお母さんもきっとそこでまた会えるわ）

この人波の中では、とてもはぐれた相手を探すことなど出来ない。

アスカの両親もそうするしか方法がないだろう。

一度都の外に出て、そこでお互いに無事を確かめ合うしかない。

そう決意を固めると、アスカは一人で都からの脱出を図る。

時折、通りを変えながら前に進むがどこも人で溢れていた。

だが、そうこうしているうちに益々《ますます》人は増えていき、容易《ようい》に前に進むこともままならない。

途方に暮れるアスカに追い打ちをかけるように、怒号《どごう》が鳴り響く。

「どけ！　道を開けろ下民ども‼　バゼルドース伯爵の馬車がお通りだ！！！」

その声の方を振り向くと、アスカは信じられない光景に目を疑《うたが》った。

これほど混み合っている通りを、強引に馬車で進んでくる一団がいるのだ。

馬車の周囲には長い鞭を持った護衛達がおり、馬車に近づく者たちを鞭で打ち据《す》えている。

あまりのことに、その周囲は海が割《わ》れたかのように人波が引いていく。

だが、そのあおりを食って一人の老女が貴族の馬車の前に押し出されて、石畳《いしだたみ》の上に倒れこんだ。

それを見て、鞭を持つ護衛が声を荒らげた。

「貴様！　道を開けろと言っているのが聞こえんのか！　この愚か者が‼」

そう言って、老女目掛けて鞭を振り上げる。

「やめてぇええええ！！！」

アスカは思わずそう叫んで、老女の前に身を投じた。

その瞬間——

激しい痛みと衝撃を背中に受けて、アスカはその場に転がった。

「う……うぁ」

痛みに声が出せずに低く呻くことしか出来ない。

そんな中、馬車から豪華《ごうか》な服を身に纏った中年の男が降りてくる。

立派な顎髭《あごひげ》と鷲鼻《わしばな》が特徴的《とくちょうてき》な男は、傲慢さに満ちた目でアスカを見下ろしていた。

「全く、下民どもは言葉では分からぬようだな。尊《とうと》い貴族であるこのワシと比べたら貴様らなどゴミだ。そのゴミどもがワシの行く手を阻《はば》むことなど許されるはずもない」

この男がバゼルドース伯爵だろう。

「死ぬが良い！」

伯爵は残忍《ざんにん》な目になると腰から提げた剣を抜き、アスカと老女に向けて振り下ろした。

アスカは思わず目を閉じる。

（お父さん！　お母さん‼）

もう両親に会うことも出来ない、そう思うと涙が零れる。

だが、バゼルドースの剣がアスカに触れるその刹那――

「ゴミはてめえなんだよ‼」

吼《ほ》えるような声と共に、何者かが自分の前に現れたのをアスカは感じた。

目を開けると、自分を斬り殺そうとした貴族の体が天高く舞っている。

「ぐはぁあああああ！！！」

惨めな声を上げると、そのまま石畳に叩きつけられて大の字に伸びる伯爵の姿をアスカは見た。

そして、貴族を打ちのめし、彼女を守るように前に立つ男の大きな背中も目に飛び込んでくる。

護衛達が一斉に鞭を構え、その男に凄んだ。

「き、貴様ぁ！　よくも伯爵様に‼　下民がこのような真似をして陛下がお許しにならんぞ！」

その言葉に、現れた男の体から凄まじいオーラが放たれていく。

「黙ってその薄汚い口を閉じてろ。守るべき民を手にかけてまで逃げ延びようとする連中を、陛下なら絶対に許しはしねえ。こんな時に貴族の責務を果たそうとしないクズどもに、その地位は必要ないと仰るだろうぜ」

「何だと！　貴様ぁああ‼」

「下民の分際で！」

鞭を持った護衛たちは怒りの声を上げると男に襲い掛かる。

その数は十名以上だ。それも特殊な訓練を受けていることが身のこなしからも分かる。

自分を守ってくれた男性の身を案じて、アスカは思わず悲鳴を上げた。

その瞬間、男は虎《とら》が吼えるような声で気合を放つ。

「おぉおおおお！　闘虎烈掌《とうこれっしょう》‼」

男が繰り出す無数の掌底《しょうてい》から放たれた闘気が、護衛達を鞭ごと吹き飛ばす。

「「「ぐはぁあああ！」」」

彼らは声を上げて宙を舞うと、傲慢な主と並んで石畳の上に叩きつけられて気を失った。

そんな連中を見下ろしながら、アスカの前に現れた男は肩をすくめる。

「剣を使うまでもない。口ほどにもない連中だ」

そして彼は周囲の人々に言う。

「みんな！　正門へ向かうな。これ以上正門に向かう者が増えれば、混雑は増すばかりだ。騎士団の命で、先ほど王都の全ての門は解放された。今から俺が言う方へ分かれて向かうんだ！」

そんな彼の姿を見て、人波から声が上がる。

「冒険者ギルドのジェフリーギルド長だ！」

「ああ、間違いない！　ギルド長！！！」

人々から歓声が上がる。

アスカでもその名前は知っている。

冒険者ギルド唯一のＳＳＳランクの冒険者。この国の英雄の一人と言ってもいいだろう。

絶望の中で現れた救世主に、人々は喜びの声を上げて彼の指示に従った。

老女はアスカに何度も頭を下げると、家族と共に西門へと向かっていく。

ジェフリーは地面の上で伸びている貴族とその手下どもを冷たい目で眺めると、アスカの頭の上に優しく手を置いた。

「大したもんだ、お嬢《じょう》ちゃん。立派だったぜ。それにその度胸、うちのギルドにスカウトしたいぐらいいだ」

「そ、そんな。こちらこそありがとうございます。ジェフリー様」

可憐な少女にそう呼ばれて、ジェフリーは照れ臭《くさ》そうに笑うと言う。

「ジェフリー様は勘弁《かんべん》してくれ。ジェフリーでいい」

「は、はい！　ジェフリーさん。私はアスカと言います」

「そうか、よろしくなアスカ」

「はい！」

アスカはそう答えて立ち上がろうとするが、すぐによろめいてその場に尻もちをついた。

「痛っ……」

　鋭い痛みが右の足首に走る。

　ジェフリーはアスカの赤く腫《は》れた足首を見た。

「どうやら、さっきの騒ぎの中で挫《くじ》いたみたいだな。生憎《あいにく》、俺は回復系の術はからきしでな、どうしたものか」

　ジェフリーの配下の冒険者たちも今は散り散りになって、都の人々に脱出ルートを伝えている頃だ。

　彼は少し思案《しあん》すると、アスカを腕に抱き上げる。

「あ、あの、ジェフリーさん⁉」

　急に抱きかかえられてアスカは頬を染める。

「悪いな、アスカ。俺と一緒に来てもらうしかなさそうだ。俺はこれからジェファーレント伯爵家に向かう予定だ。今、あそこには銀竜騎士団の飛竜もいる。その飛竜に乗れば、都を安全に出られるだろう」

　思いがけない提案にアスカは声を上げる。

「フローラ様やエレナ様のところに？」

「知っているのか？」

「は、はい！　奥様やお嬢様《じょうさま》にはいつも良くしていただいています。それじゃあ、お二人もまだ都に？」

　アスカの言葉にジェフリーは頷く。

「ああ、同じ貴族でもここで伸びてるクズ野郎とは全く違う。立派なものだ。商会を挙《あ》げて、避難する人たちのために物資を集めてる。クラウス様の傍にいるセーラ様と協力してそれを騎士団の飛竜で都の外に運んでいるそうだ。これだけの人々が、近隣《きんりん》の都市に避難するにしても暫くは野営が必要だからな」

「奥様とお嬢様が……」

　あの二人ならそうするだろうと、アスカは思った。

　そしてジェフリーに尋ねる。

「あ、あの、もしかしてレオンさんたちのこともご存じですか？　冒険者で特級名誉騎士でもある方なんです！」

　同じ冒険者ならレオンたちの現状も知っているかもしれない。もしかしたらフレアのことも。

　アスカはそう思ってジェフリーを見つめる。

「ジーク様……いや、レオンを知っているのか？」

　ジェフリーはジークと言いかけて慌てて言い直す。

「は、はい！　とても仲良くしていただいて。みんな大事なお友達なんです……今、どこにいるのか心配で」

「そうか。すまないが、俺もレオンたちの行方《ゆくえ》は分からない」

アスカはジェフリーの答えに俯いた。

するとジェフリーは言う。

「そんな顔をするな。ジェファーレント伯爵家に行けば何か分かるかもしれん。あそこは王宮に近いからな」

彼の言葉にアスカの表情が明るくなる。

「そうですね！　そうですよね‼」

「そうと決まれば行くとするか」

「ええ！」

アスカを抱きかかえたまま、ジェフリーは軽々と身を宙に躍らせると、建物の屋根の上を飛ぶようにしてジャンプすると前に進む。

「す、凄い！」

「ここなら人混みも関係ない。普段なら家主に怒られそうだが、今は文句を言ってる場合じゃないだろうからな」

アスカは目を大きく見開いて、頼もしいジェフリーの横顔を見つめた。

「流石、都一の冒険者ですね」

「はは、今は都で二番目の冒険者ってところだな」

「え？」

そう首を傾げるアスカにジェフリーは苦笑《くしょう》する。

（レオン、いいやジーク様には逆立ちしても敵《かな》わないからな。何しろあっちは世界最強の冒険者、いいや史上最強の英雄だ）

ジェフリーはそんなことを考えながら、都の地下から溢れる赤い光を眺める。

それは規則性があり、巨大な魔法陣を描いているとセーラからの使いが知らせてくれた。

（一体誰が……こんなものを一晩で描いたとは思えない。恐らくは何者かが、ずっと前からこの日のために用意してきたものだ。だとしたら尋常《じんじょう》じゃない相手だぜ。ミネルバ、陛下は無事なのか？）

セーラから届いたジェフリーへの密書には、国王が都の地下神殿に向かった後に消息不明となり、ミネルバたちがそれを追ったとも書かれていた。

黄金騎士団の団長シリウスの不可解《ふかかい》な動向のことも。

それればかりではない。この非常時に、教皇である第二王子のジュリアンやその側近《そっきん》であるレオナールの姿も見えないという。

（まさか、これを仕掛けたのはアルファリシア内部の人間か？　いずれにしても今は陛下の無事を祈るしかない。傍にはジーク様もいらっしゃる。俺の杞憂《きゆう》であって欲しいが）

　このような状況で、騎士王と名高い国王を失えばアルファリシアは大きく揺らぐだろう。

　ジェフリーはそんな考えを振り払うかのように先を急ぐ。

　程なくジェファーレント伯爵家に辿り着いた二人は、中庭に集まった物資の山を見て驚きの声を上げた。

「こいつは……」

「凄い量だわ」

　食料はもちろん、緊急時《きんきゅう》に野営をするための天幕も沢山積《つ》まれている。

　それを手際《てぎわ》良く、どこに運ぶのか指示を出しているのはフローラとエレナだ。

　都を出た人々が野営をするのに相応しい場所にあらかじめ送るつもりだろう。

「こちらの天幕は西の丘へ！　あちらは東へ送ってください。都の外にいる騎士たちが人々を誘導してくれるとセーラ様が仰っていましたから」

「食料はこの割合でそれぞれの場所へ！　お願いします」

「はっ！　フローラ様、エレナ様‼」

　彼女たちの言葉に敬礼をすると、騎士たちは物資を積んだ飛竜に乗り飛び立っていく。

　そんな中、やってきたジェフリーとアスカに気が付いてエレナが駆け寄る。

「ジェフリーギルド長！　それにアスカ‼　どうして貴方がここに⁉」

「は、はい！　エレナお嬢様。両親とはぐれてしまったところをジェフリーさんに助けられてここに！」

「良かったわ！　とにかく貴方が無事で良かった」

「お嬢様！」

そう言って固く抱き合う二人。フローラもジェフリーに礼を言う。

「ギルド長、冒険者ギルドの協力を感謝します！　お陰《かげ》で、外に向かう人々の流れもだいぶ落ち着いたようだと飛竜に乗った騎士たちから聞きました。これならじきに飛竜だけではなく荷馬車も使えることでしょう」

荷を運びながら上空から都の様子を確認したのだろう。

そして、アスカを抱きしめる。

「アスカ、本当に無事で良かったわ」

「奥様……」

アスカは思わず涙ぐむ。そして申し出た。

「私も何かお手伝いをします！　避難された方々のために料理を作ることぐらいなら、私にだって出来ると思いますから」

「ありがとう、助かるわ」

手伝いを申し出ながらも足を引きずっているアスカを見て、フローラは治癒《ちゆ》魔法が使える者に命じて彼女の傷を治療した。

アスカはフローラと魔導士に礼を言うと、エレナに尋ねる。

「あ、あの、お嬢様！　レオンさんたちは、フレアさんは今どこにいるか分かりますか？」

彼女の言葉にエレナたちは顔を見合わせると首を横に振った。

「分からないの。でも、セーラ様の話ではレオン様は陛下とご一緒に都の地下にある神殿に向かったとのことよ。ティアナさんやロザミアさんも彼らを追って行ったと聞いたわ」

母の言葉を聞いて、エレナは祈るように胸の前で手を合わせると頷く。

「レオン様がご一緒なんですもの、きっとご無事に決まっています」

自分に言い聞かせるようにそう話すエレナ。

アスカはハッとして言う。

「じゃ、じゃあ、レオンさんもティアナさんたちも今、子供たちと一緒にいないんですね？　あの子たちはもう避難したんでしょうか」

その言葉に、フローラとエレナは青ざめる。

クラウスが主催《しゅさい》した舞踏会でレオンと可愛いダンスを踊って、一躍《いちやく》歓声を浴びたレナやミーアやリーア、そして元気者のキールの姿が彼女たちの脳裏に浮かぶ。

「お母様！」

「え、ええ……あそこは銀竜騎士団の宿舎、部屋付きの侍女もいるはずだわ。もう避難したと思っていたのだけれど」

アスカは首を横に振る。

「レオンさんやティアナさんたちが戻ってないとしたら、あの子たちはきっと待ってる気がするんです」

子供たちにとっては大切な家族だ。アスカが言う通り、まだ宿舎に残っているかもしれない。

フローラとエレナは王宮の方を向くと意を決したように言う。

「お母様！」

「行きましょう！　あの子たちに万が一のことがあったら、レオン様に顔向けが出来ない。

騎士団はこのまま作業を！」

そう言うと、伯爵家の護衛騎士たちを集めて王宮に向かうことを告げる。

エレナの護衛騎士であるサラも大きく頷いた。

「私も行きますお嬢様！」

「ありがとう、サラ！」

「俺も行こう。どうせ、セーラ様への報告もあるからな」

アスカはジェフリーに礼を言う。

「ありがとうございます！　ジェフリーさん」

フローラも頭を下げる。

「ギルド長、感謝します。貴方が一緒に行ってくだされば安心ですわ」

伯爵夫人の言葉にジェフリーは頷く。

(俺の方こそ、子供たちに何かあればジーク様に顔向けが出来ん)

伯爵家を後にした一行は隣に見える王宮へと向かう。

フローラやエレナのお陰で王宮の入り口を事もなく通ると、銀竜騎士団の宿舎へと急ぐ。

宿舎の庭に、子供たちはいた。

避難するためだろう、侍女に促《うなが》されて外に出されたのか、キールが文句を言っている。

「俺はやだぜ！　このままここでティアナ姉ちゃんやレオンたちを待つんだ‼」

「そうよ！　ロザミアだってまだ帰ってきてないんだもの。絶対ここで待ってるんだから」

レナの言葉に、ミーアとリーアが涙ぐむ。

「お姉ちゃんたちに会いたいです……」

「ぐす、レオンお兄ちゃん帰ってこないです……」

そんな子供たちに、アスカとエレナが駆け寄った。

「みんな！」

「良かった無事だったのね！」

「アスカ姉ちゃん！」

「エレナお姉ちゃんも！」

子供たちも驚いた表情で彼女たちを迎えた。

だが、その時、今までにないほど大きく大地が揺れ動いた。

「うわぁあああ！」

「きゃぁあああ！！！」

悲鳴を上げる子供たち。ジェフリーは彼らの傍の大きな壁が崩れ落ち、瓦礫《がれき》が降りかかるのを見た。

「いかん‼」

猛烈《もうれつ》な勢いで彼らのもとへと向かうジェフリーだったが、瓦礫はもう子供たちの頭の上に迫っている。

（くそ！　間に合わん！）

ジェフリーがそう思った瞬間――

宿舎の中から白い光のような何かが現れると、凄まじい速さで子供たちの傍へと移動して大きな翼を広げる。

そこから発せられる強烈な闘気が、降り注ぐ瓦礫を粉々に砕いた。

「はう～」

ミーアとリーアは目を丸くしてすっかり腰を抜かしている。

大きな揺れが暫く続いたが、その翼が子供たちを守り続けた。

「この子らはロザミアの、そして我が友レオンの大切な家族だ。俺の命に代えても傷一つつけさせはせん」

輝く白い翼を広げてそこに立っているのはアルフレッドだ。

ジェフリーはその体から発せられる闘気を感じて、思わず息を呑む。

(これが噂《うわさ》に名高い翼人の王子か。世界は広いものだ、これほどの力の持ち主がいるなんてな。この闘気、ミネルバに勝るとも劣らねえ)

「アルフレッド殿下！」

「ありがとうございます！」

子供たちと共に礼を言うアスカとエレナ。フローラは翼人の王子に申し出る。

「殿下！　感謝します。ですが、いくら殿下がお傍におられても、やはりここは子供たちには危険です。どうか都から避難を。私どもの屋敷には騎士団の飛竜がいますのでそれを使ってくださいませ」

アルフレッドは伯爵夫人の言葉を聞きながら空を見上げていた。

「確かにな。都に、いやこの世界に何かが起きている」

彼の視線につられるように、その場にいる者たちは皆、空を見上げた。

そして、空にあるものを見て立ち尽くす。

「一体あれは何なの……」

　アスカは声を震わせながらそう呟いた。

　ちょうどその頃、堅固な城郭の中に作られた執務室でクラウスは床に膝をついていた。先ほど都を襲った激しい揺れが、その場にいる者に立っていることを許さなかったからだ。

　立ち上がったセーラが慌ててクラウスに駆け寄る。

「クラウス様！　大丈夫ですか？」

「ああ、セーラ。それにしても、今のは大きかったな」

「はい、今までにない大きな揺れでした」

　クラウスは立ち上がるとセーラに問いかける。

「どうだ、民の避難と物資の輸送は上手くいっているか？」

「はい、クラウス様。王宮と伯爵家から飛竜が物資を都の外へと運んでいます。それに飛竜で空から都を監視《かんし》している者の話では、人の流れもだいぶ収まったとのこと。騎士団とジェフリーたち冒険者の活躍のお陰です」

　それを聞いてクラウスはふぅと息を吐くと、深く椅子に腰を下ろす。

「ジェファーレント伯爵家には感謝をせねばな。彼らの協力なしではとてもこうは上手くはいかなかっただろう」

「はい、殿下。事が全て上手くいきました時は、彼女たちはもちろん、騎士団や協力した冒険者たちにも手厚《てあつ》い褒賞《ほうしょう》を」

「ああ、分かっている」

セーラも報告をして一息つく。

(確かに今の揺れは大きかったけれど、避難や物資の輸送にはある程度目途《めど》が付いたわ。不幸中の幸いね)

安堵《あんど》の気持ちが周囲にも伝わっていく。

そんな中、慌てた様子で数名の騎士が執務室に駆け込んできた。

「クラウス様！　セーラ様‼　大変です！」

その言葉に再び部屋の中に緊張《きんちょう》が走る。

「どうしたの？　そんなに慌てて」

「窓から空を見てください！」

クラウスとセーラは騎士の言葉に窓から外を眺める。そして、空を見上げた。

クラウスは目を見開く。

「セーラ……あれは一体？」

「分かりません、クラウス様」

空には、地下から溢れ出る赤い光に反応したかのように真紅《しんく》に染まった月が浮かんでいる。

その光は異様な輝きを見せ、地上を照らしていた。

そして、月の中央に不気味に浮かび上がるのは巨大な目だ。

まるで何者かが、遥か彼方《かなた》より地上の様子を窺っているかのようにこちらを睥睨している。

それは明らかに意志を持った何かだ。

（やっぱりこれは只の地震じゃない。一体、この星に何が起きているの……レオン）

これが地下に向かった彼らと何か関係があるのか、セーラには分からなかった。

だが、この星に生きとし生けるものに関わる何かが起きようとしているような予感がして、セーラは背筋を凍らせた。

4　地下に広がるもの

俺はレオン。

激しい死闘の末、超越者と化したレディンを倒した俺たちが見たものは、地下庭園の更に下に広がる巨大な都市だった。

レディンを倒した直後の強い揺れで生じた深い裂け目は、まるで断崖《だんがい》のように切り立っており、俺とロザミア、そしてオリビアはその中腹にいる。

「主殿！　あれは一体何なのだ？　どうして、こんな場所にあんなものが！！」

ロザミアが衝撃を受けるのも当然だろう。

俺たちの眼下に広がる都市は、大陸一と謳われるアルファリシアの都すらも遥かに凌駕するほどの規模《きぼ》に見えた。

オリビアも呆然としながら呟く。

「……ありえないわ。こんなものが都の下にあるなんて聞いたこともない」

四英雄が祀《まつ》られている地下神殿のことを知っていたオリビアさえも知らないそれは、赤い光の奥に揺らめくように存在した。

その時、俺たちの頭上から声が響く。

見上げると、ジュリアンが神龍の翼を広げこちらを見下ろしている。

「ふふふ、獅子王ジーク。貴方は超越者と化したレディンすら倒した。間違いなく、史上最強の英雄です。ですが、貴方はまだこの星の真の姿を知らない。そして、英雄紋と呼ばれる紋章に隠された秘密さえもね」

奴の言葉に俺は思わず問い返す。

「英雄紋の秘密……この星の真の姿だと？」

一体奴は何を言っている。

この光景は何だ？　そしてあの異様な気配は……

先ほど感じた気配は明らかにレディンとは違う存在が放ったものだ。

だが、どこかに似通ったものを感じる。

それは遥か地下深くから感じた。

恐らくは、あの巨大な都市のどこかからだ。

アクアリーテやエルフィウス、そして他の皆も地下庭園の中央に現れた巨大な亀裂の先にあるものを見て声を失っている。

そんな中、ジュリアンの声が響く。

その手には先ほど地面に投じた金の錫杖が戻っていた。

「超越者を倒すほどに高まった貴方たちの紋章の力が、約束の地への扉を開いた。ふふ、獅子王ジーク、貴方には感謝します」

こいつは……

俺はジュリアンの目を見つめる。

奴の目は敗北者のそれではない。

俺たちに敗れたことへの悔し紛れで言っているのではないことが、恍惚とした瞳で分かる。

ジュリアンはここを約束の地と呼んでいた。

俺たちは、それがこの地下庭園のことだと思い込んでいたが、もしそうでないとしたら。

俺の視線がジュリアンを射抜く。

「お前の目的地は、はじめからあそこか……」

ここよりも遥か地下深くに広がる巨大な都市、それがジュリアンが言う約束の地だとしたら。

俺の言葉に、ジュリアンは笑みを浮かべた。

「ええ、獅子王ジーク。その魂の奥に誰よりも強く燃え上がる炎。貴方を一目見た時から、私を約束の地に導いてくれるのは貴方だと信じていました。四英雄、貴方たちは期待以上でしたよ」

「俺たちの紋章の力が、約束の地への扉を開いただと？　お前は何を知っている……赤い光の先に見えるあの都市は一体何だ！　答えろ‼」

俺たちの紋章の力があの揺れを、そしてこの亀裂を作り出したとでもいうのか。

それだけじゃない、レディンを倒した時に感じた地下深くからの気配は一体何だ？

教皇ジュリアン、こいつは一体何を隠している。

その時、こちらを見下ろしているジュリアンの周囲をオベルティアスとフレアたちが取り囲んだ。

「獅子王よ！　この男の戯言など聞く必要はない」

「そうよ、ジーク！」

「惑《まど》わされるだけだわ‼」

彼らの言葉にエルフィウスも頷くと、俺に言った。

「オベルティアスや精霊たちの言う通りだ！　ジーク、奴が何を企《たくら》んでいるのかは分からんが、これ以上この男を生かしておくのは危険だ‼　今、ここで倒す！」

エルフィウスの鋭い眼差しが、ジュリアンを射抜いている。

奴はエルフィウスを挑発するかのように神龍の翼を広げ優雅に羽ばたく。

「貴方に出来ますか？　雷神エルフィウス」

ジュリアンの言葉が終わらないうちに、エルフィウスの姿はその場から掻き消えていた。

「死んでもらうぞ、ジュリアン‼　倒魔流秘奥義、六星死天翔！！！」

ジュリアンを中心に魔法陣が描かれ、その端《はし》に雷化した六人のエルフィウスの姿が浮かぶ。

雷神と呼ばれる男の秘奥義は、地下神殿で俺と戦った時よりも遥かに力を増しジュリアンを襲った。

「ジュリアン‼」

オリビアが叫ぶ。

弟とはいえ彼女にとって、もはやジュリアンは許されざる存在だ。

奴が背負う罪を考えれば、払うべき代償は死しかあり得ない。それは、オリビアにもよく分かっているはずだ。だが、それでも姉としての情が悲痛な叫びを上げさせたのだろう。

六人のエルフィウスによってジュリアンに断罪《だんざい》の剣が振り下ろされる。

首筋に、そして心臓に、腕に、足に。

雷神の剣が、ジュリアンに確実な死をもたらす。

そう思えた。

だが——

「どうしました、殺さないのですか?」

ジュリアンは微笑みながらエルフィウスを見つめている。

女性とみまごうばかりの奴の首筋には浅い傷跡《きずあと》が刻まれ、鮮やかな血が一筋《ひとすじ》流れ落ちていた。

しかし、エルフィウスの剣はそこで止まっている。

首筋に向けられた剣だけではない。胸を貫くはずだった剣も、それ以外の剣も全てその動きを止めていた。まるでエルフィウス自身が、奴の死を拒絶《きょぜつ》しているかのように。

奥義が解け、六人の雷神は一つになっていく。

そして、ジュリアンの首に剣を向けたまま呻いた。

「馬鹿な……何故だ？　何故、俺の剣が」

エルフィウスがジュリアンの命を絶《た》つつもりで剣を振るったのは明らかだ。

秘奥義である六星死天翔を放つ時に感じた殺気には、僅かな揺らぎもなかった。

それが何故。

オベルティアスが業《ごう》を煮《に》やして吼える。

「主よ！　何をしているのだ‼」

「動かぬのだ、オベルティアス。これ以上俺の剣が……」

エルフィウスはジュリアンを睨んでいる。

その両手には凄まじい闘気が込められていた。

だが、まるでジュリアンの体を薄皮一枚の何かが守っているように、雷神の剣はそこから先へは進まない。

フレアとシルフィも息を呑む。

「何故？」

「一体どうして……」

ジュリアンは彼らに囲まれながら俺を見下ろした。

「貴方たちに私を殺すことは出来ません。獅子王ジーク、貴方が先ほど精霊の娘を助けた

時も私を殺せなかった。あれは偶然《ぐうぜん》ではない。貴方たちの奥底に刻まれた『もの』が私を、いいえ私の中にいる『彼女』を殺すことを許さないのです」

「何だと？」

奴が言うように、フレアをジュリアンから救い出した時、俺の太刀筋が一瞬鈍《にぶ》った気がした。

俺は奴の龍の尾だけではなく、その体をも切り裂くつもりで剣を振るったからだ。

フレアを救うことを優先したためだと思っていたが、俺もエルフィウスのように奴を殺すことが出来なかったのだとしたら。

「俺たちの奥底に刻まれたものだと？　それは一体何だ！　ジュリアン‼」

シルフィがジュリアンに牙を剥きながら唸《うな》る。

「貴方の中にいる彼女……それは神龍ルクディナのことね。彼女は何者なの？　貴方に宿るその力、とても只の竜族だとは思えない」

「ええ、言ったはずですよ。彼女は特別だと」

その言葉を体現するかのように美しく輝く奴の翼。そして、奴の瞳は黄金に輝いていた。

目の色だけではない、先ほどまでとは明らかに雰囲気が違う。

エルフィウスが思わず距離を取る。

「何だ、この力は……」

二千年前、ディバインドラゴンの女王として君臨《くんりん》していた神龍ルクディナの噂は俺も知っていた。

倒魔人でさえ、倒すことが出来る者はいないのではと囁かれていた存在だ。

しかし、魔神と化したレディンによってディバインドラゴンの都は滅ぼされ、ルクディナも倒されたと聞く。

その証が、この地下庭園の入り口に置かれた巨大なクリスタルの中に閉じ込められたディバインドラゴンの姿だろう。ジュリアンは賢者の石を使って、ルクディナの力を取り込んだと言っていた。

だが、ディバインドラゴンの女王といえど、ここまでの力を持っているとは思えない。

俺が今ジュリアンの中から感じる力は、竜族とは異質な何かだ。

アクアリーテもそれを感じたのだろう、ジュリアンに問う。

「貴方の中にいるのは一体何者なの？　只のディバインドラゴンの女王だとは思えない。地下に広がるあの都市と何か関係をしているの⁉」

「ふふ、それに答える義務はありません。ですが、貴方たちは考えたことはありませんか？　私たちが何故生まれてきたのか、そしてこの世界を生み出した者は誰なのかということを」

ウィンディーネが声を上げる。

「この世界を生み出した者ですって？」

その瞬間、俺たちは再び地下深くから何者かの気配を感じた。

それも先ほどよりも強く、そしてハッキリと。

「少しおしゃべりが過ぎたようですね。どうやらこれ以上無駄口を叩いている暇はなさそうですよ」

禍々しい気配に青ざめるオリビアの姿を見て、俺はロザミアに頼む。

「ロザミア、オリビアを上に！　ここは危険だ」

「うむ！　主殿‼」

ロザミアはオリビアを抱きかかえると大きく翼を広げて、羽ばたいた。

そして、断崖の上からこちらを覗き込んでいるミネルバたちの傍へと着地する。

俺の肩の上にいる小さなウィンディーネが尋ねる。

「どうするの？　ジーク。この気配は間違いなくあの都市から感じるわ。ジュリアンとかいう奴の目的地もきっとあそこよ。でも、何があるのか分からないわよ。行くつもりなの？」

「ああ、行ってみるしかない」

一体この先に何があるのか想像もつかないが、あの気配の主をそのままにはしておけない。

俺の本能がそう告げている。

この禍々しい気配は、俺たちが倒すべき相手だ。

ジュリアンの目的が何なのかは分からないが、奴の狙いがあそこにあるのなら尚更《なおさら》だろう。

俺がそう決意したその時、地下から放たれている気配に反応するかのように何者かが咆哮を上げた。

吼えるようなその声は俺の頭上の地下庭園から響いてくる。

「ジーク！」

「ああ！」

俺は肩の上のウィンディーネに頷くと、崖の岩を蹴り一気に裂け目の上空へと飛んだ。

そして、咆哮を上げた存在を視認《しにん》する。

「まさか、あれは……」

思わず息を呑む俺の傍に、フレアやシルフィもやってくると身構える。

「どうして‼」

「あいつは、ジークが倒したはずよ！」

咆哮を上げているのは、俺が斬り飛ばしたレディンの首だ。

首は凄まじい形相になり、口からは無数の牙が、そして額からは何本もの角が生えてきている。

　エルフィウスが剣を構える。

「馬鹿な、確かに奴の息の根は止まっていたはずだ‼」

　アクアリーテが叫ぶ。

「気を付けて！　レディンの周囲の霊力が高まってる‼」

　魔力とは違い、生きとし生けるものが持っている生命の根源的《こんげんてき》な力、それが霊力だ。闘気もそのうちの一つだが、今レディンの周囲には異常に高まった霊力が凝縮しているのが分かる。

　あり得ないほどの密度《みつど》だ。

　それが死さえも覆《くつがえ》したかのように、死者の首は確かに生を取り戻していた。

「グヴォオオオオオオオ！！！」

　再び凄まじい咆哮が辺りに響き渡る。

　その衝撃波がオリビアを吹き飛ばしそうになり、ミネルバがしっかりと彼女を抱き寄せる。

「オリビア様！」

「ミネルバ！」

　レイアとロザミアは剣を抜いて身構え、ゼキレオスは娘たちを守る体勢で前に立ち、レディンの首を見据えている。

「おのれ、化け物め！　首だけになっても、まだ生きているというのか‼」

ウィンディーネが吐き捨てるように言う。

「レディン、本当にしぶとい男ね！　二千年経ってもまだ生きていたと思ったら、今度は首になってまで。しつこい男は嫌われるわよ！」

俺は彼女の言葉に首を横に振る。

「違うな、ウィンディーネ……」

「ジーク？」

「こいつはレディンじゃない」

「レディンじゃない⁉　それってどういう意味？」

目の前の状況に緊張を漂《ただよ》わせながらも、ウィンディーネが俺に問いかける。

俺は彼女の言葉に答えた。

「ああ、こいつから感じるのはレディンの気配じゃない。別の何かだ」

俺がその肉体を倒したのを本能的に悟ったかのように、首の目は俺を凝視《ぎょうし》している。

奴の闇色の目は、レディンとは違う何かを感じさせる。

「別の何かって一体……」

「俺にも分からん！　だが、来るぞ‼」

「ジーク‼」

肩の上のウィンディーネが悲鳴のような声を上げる。

レディンの首の頭の部分から一気に大きな翼が生えて、それが羽ばたくとこちらに向かってきたからだ。

あまりにもおぞましい姿に、精霊であるウィンディーネさえも思わずたじろいだのだろう。

「コロス！」

短くそう声を上げると、レディンの首は加速してこちらに迫る。

奴の額の角が槍のように俺を狙う、凄まじい速さだ。

「ジーク‼」

俺の身を案じたフレアの声が響く。

角に体を貫かれる寸前で俺は空中で身を翻し、奴の頭から生えた翼を切り裂く。バランスを崩したレディンの首は地面に突《つ》っ込《こ》んだ。

落下の衝撃で舞い散る白と黒の羽根。根元から切り落とされた奴の翼は地に落ちるが、同時に別の翼が同じ場所に生えていく。

「ちっ！　なんて生命力だ」

そして、奴の角が貫いた地面はジュウジュウと音を立てて溶《と》けていった。

アクアリーテが叫ぶ。

「ジーク、気を付けて！　毒よ‼」

彼女の言葉通り、地面を溶かした液体が生み出したガスが、周囲にある魔神の使徒の繭を腐《くさ》らせていく。

俺の闘気が作り出した渦が防壁《ぼうへき》となりそれをガードすると同時に、アクアリーテの祈りが大気中の毒を中和していった。

肩の上のウィンディーネが、壮絶《そうぜつ》な攻防にゴクリと唾《つば》を飲み込みながら言う。

「確かに、今までのレディンとは戦い方が違いすぎる。ジーク、貴方の言っていることが正しいのかもしれない」

「ああ、こいつはレディンじゃない。恐らくは……」

目の前の敵から感じる気配は、地下深くから感じたものと酷似《こくじ》している。

一体それが何者なのかは分からないが、そいつがレディンの意識すら呑み込んでその肉体を使役《しえき》しているようにさえ思える。

俺は奴に問いただす。

「何者だ、貴様」

奴は無機質な目で俺の問いに答えた。

「偽《いつわ》りノ人の子ヨ。オマエがシル必要ハナイ」

「偽りの人の子……だと？」

どういう意味だ。

その刹那、奴は再び咆哮を上げた。

いや、違う。

これは詠唱《えいしょう》だ。

吼えるように紡《つむ》ぎ出された奴の詠唱が、地に倒れたレディンの体の上で黒い魔法陣を描く。

フレアがそれを見て叫ぶ。

「ジーク、見て！　動いてるわ‼」

「ああ、フレア！」

フレアの言う通り、首を切り落とされ地に伏していたレディンの体が動き始める。

頭から生えた翼が大きく羽ばたくと、自らの胴体のもとへと飛んで行きあるべき場所へと帰っていく。

首と胴体の断面からは、血管や筋肉が触手《しょくしゅ》のように長く伸び、それが絡み合っていった。

そして、以前より更に禍々しい姿となって俺たちの前に立つ。

背中から生えた六枚の翼こそ失われているが、頭から生えた翼と角、そして失われた翼の位置からはメキメキと音を立てて六本の腕が生えてくるのが見える。

合計八本の腕の甲《こう》には、それぞれに光と闇の紋章が輝いていた。

腕の骨が手の平《ひら》を突き抜け、長く伸びると鋭利《えいり》な刃物のように変化していく。

「まるで兵器だな」

俺は思わず呟いた。

先ほどの毒を放った角もそうだが、全身のいたるところが相手を殺戮《さつりく》するために変化しているようにさえ見える。

アクアリーテが奴を見据えて叫ぶ。

「ジーク！　エルフィウス‼　あいつをこのままにしておけないわ！」

俺たちは頷いた。

「ああ！」

「行くぞ、エルフィウス！」

あの地下深くからの気配に呼応したこいつは、恐らく超越者と化したレディン以上に危険な相手だ。

七色の髪を靡かせたウィンディーネが両手を天に掲《かか》げると、この地に張られた水の結界が輝き、それがアクアリーテの魔力を高めていく。

彼女の水の紋章と額に浮かび上がった光の紋章が、俺たちに強烈な加護を与えてくれる。

「来るわ！」

肩の上のウィンディーネが叫ぶ。

その瞬間――

まるで空気が抉《えぐ》り取られるような速さで、奴の腕が振るわれた。

「倒魔流秘奥義、六星死天翔！」

六体のエルフィウスが迫りくる奴の腕のうち、六本を食い止める。

「行け！　ジーク‼」

その時にはもう俺は、奴の懐に飛び込んでいた。八本の腕の残り二本が俺目掛けて振り下ろされる。

「おぉおおおおお！　倒魔流秘奥義、魔破光輪‼」

俺の太刀筋が作り上げる炎を帯びた光の輪が、奴の腕を切り落とすとその首を刎ねた。

宙を舞い、少し後方に着地する俺とエルフィウス。

「やったわ！」

シルフィの歓喜の声が聞こえてくる。

だが、オベルティアスが叫んだ。

「まだだ！　あれを見よ‼」

刎ねた首を残った奴の六本の腕の一つが掴み、それを再び胴に繋ぎ直す。

そして、切り落とした二本の腕は再び肩から生えてくる。

アクアリーテとウィンディーネが作り出した水の鎖も、奴の腕を絡めとっていたが引き千切られてしまった。

「なんて力なの！　鎖で止められないわアクアリーテ‼」

「ええ、ウィンディーネ！　それにこの生命力……普通じゃないわ」

奴の周りに再び強大な霊力が集まっていく。それが奴に恐るべき再生能力を与えているのが分かる。

そして、その源《みなもと》は……

俺は大きく口を開いた亀裂を見る。

肩の上にいるウィンディーネがそれに気が付いたのか言った。

「まるで無尽蔵《むじんぞう》なあの力、やっぱり地下にいる何かが与えているとしか思えない。貴方もそう思っているのねジーク！」

「ああ、ウィンディーネ。恐らく奴を倒すには、亀裂の先にいる何者かを倒すしかない」

俺はフレアたちを見る。フレアとシルフィ、そしてオベルティアスは三人で陣形を組むようにしてジュリアンの動きを封じている。

俺たちが何故ジュリアンを倒すことが出来ないのかは分からない。しかし、ならばせめて動きを封じるしかない。

その間にジュリアンよりも先にあの都市へと進み、正体不明の気配の主を倒す。

だが……

「でも、どうやって？　あの化け物をこのままにはしておけないわ！　裂け目の奥に進むにしても、あんな奴をここに残して行ったら下手をすれば結界を破られる。そんなことになれば、アクアリーテは……」

ウィンディーネの言う通りだ。

奴をこのままにして先に進めば、結界を破られアクアリーテは代償として命を失うかもしれない。

そして、地上にいる人々も。

アクアリーテは決して自ら結界を解くことはないだろう。

あんな化け物が結界を破り、地上に這い出れば世界は終わる。地上には仲間たちやチビ助たちもいるんだ。

「どうするの？　ジーク」

妖精姿のウィンディーネは、肩の上でもう一度俺に問う。

「俺に一つ考えがある」

このまま戦っていても奴は再生を繰り返すに違いない。

そうなれば消耗《しょうもう》するのはこちらの方だ。

「何か作戦があるのね！」

「ああ、ウィンディーネ。協力してくれ」

「ええ！」

頷く彼女に俺は手早く作戦を伝えた。

「確かに……それなら上手くいくかもしれないわ。やってみる価値はありそうね」

「ウィンディーネ、これをアクアリーテとエルフィウスにも伝えてくれ」

「分かったわ、ジーク！」

ウィンディーネたちは意識を共有している。当然だ、元は一つなんだからな。

七色の髪のウィンディーネがアクアリーテに伝え、エルフィウスには俺と同じように肩の上に乗っている小さなウィンディーネが耳元で囁きながら伝えていた。

アクアリーテは、こちらを見て小さくコクリと首を縦に振り、エルフィウスは俺に頷くと剣を構えた。

八本の腕を持つ化け物は、こちらを眺めている。

先ほど腕と首を刎ねられたばかりで、流石に警戒をしている様子だ。

漆黒《しっこく》の目がこちらを射抜いている。

「何を企んでいる」

まるで、レディンの体を我が物にしたかのように言葉を流暢《りゅうちょう》に話すようになっている。

俺は剣を構えると奴に答えた。

「お前を葬り去るための算段だ」

「くく、無駄なことを」

「無駄かどうか、試《ため》してやろう！」

そう言うと、俺はエルフィウスと共に奴の懐に飛び込んだ。

巨大な八本の腕に握られた剣のような骨が、俺たちを目掛けて振り下ろされる。

「ジーク！」

「ああ、エルフィウス！」

それを受け流しながら俺たちは、奴を目的の場所へと誘導していく。

先ほど首を刎ねられた奴は、同じ轍《てつ》を踏まないように長い腕で俺たちの攻撃を食い止めていた。

俺とエルフィウスによって、次第に自分があの大きな亀裂に向かって後退させられていることに気が付いた奴が笑う。

「どうやら、俺を地の底に突き落としたいらしいな」

「ああ、地獄の底まで付き合ってもらうぞ！」

奴を倒すにはこの先にいる何者かの正体を暴《あば》くしかないだろう。だが、奴をこの場に残していくことは出来ない。

なら方法は一つしかない。

奴を奈落の底に叩き落とし、俺たちが後を追う。

ジュリアンは眼下に広がるあの場所を約束の地と呼んでいた。

奴が言うこの星の真実、そして英雄紋に秘められた謎を解く鍵《かぎ》はこの先にある。

俺にはそう思えた。

化け物を亀裂へと追い詰めている俺たちを見て、シルフィが叫ぶ。

「ジーク！　行って‼　アクアリーテが作ってくれた結界は私たちが守るわ！！」

その背には小さなウィンディーネが乗っている。そして、フレアの肩の上にも。

「そうよ！　それに私達だけじゃない！　ロザミアや、ミネルバたちも‼」

フレアの言葉通り、ロザミアやミネルバたちは不気味な鼓動を続ける繭を切り裂いている。

見事なその剣技で、レディンが生み出した繭の殆ど全てを駆逐《くちく》しつつある。

彼女たちの傍にも妖精姿のウィンディーネが見えた。

俺たちの作戦を皆に伝えてくれたのは彼女たちに違いない。

「主殿、行ってくれ！　世界を救えるのは主殿たちしかいない。地上の人々のために、帰りを待つ子供たちやアルフレッド殿下のために、私も命を懸けて戦う‼」

ミネルバも剣を構えると闘気を込める。

「安心しな、坊や！　ここから先は誰も通しやしない。この命に代えてもね！！！」

炎のようなオーラがミネルバの全身に宿ると、その剣が付近にある繭を一閃する。

一方で、別の場所では強烈な冷気を宿したレイアの剣が鮮やかに振るわれた。

レイアが俺に向かって叫ぶ。

「行くのだな、レオン！　私にはあの先に何があるのか分からない。だが、お前たちが必ず帰ってくると信じている！」

ゼキレオスも剣を振るいながら言った。

「死ぬなよ、レオン！　そして、水の女神アクアリーテ、雷神エルフィウスよ‼」

オリビアは、肩を震わせながら俺たちを見る。

「勇敢《ゆうかん》なる英雄たちに神の祝福と栄光を！」

彼らの言葉に俺は、そしてアクアリーテとエルフィウスは頷いた。

「行きましょう！」

「行こう！　ジーク！」

俺は剣を構えると二人に答える。

「ああ！！！」

あれから二千年の時が経ち、世界は大きく変わっていた。

だが、変わらないものがある。

あの時、アデラがいたように。魔と戦った多くの同志たちがいたように。

今、俺たちの傍には心強い仲間たちがいる。

「おぉおおおお！！！」

俺は剣を握る手に力を込めた。

両手に輝く紅蓮の紋章と、額に重なり合う光と炎の紋章が輝きを増していく。

ロザミアたちの思いが、俺たちの力を押し上げるように高めていく。

強烈な魔力が込められたアクアリーテの手が、真っすぐに八本腕の化け物の方へと向けられる。

彼女の右手の水の紋章と額の光の紋章が輝きを増す。

同時にアクアリーテの分身ともいえるウィンディーネの魔力も、主のそれに比例するように高まっていく。

「ウィンディーネ！」

「ええ、アクアリーテ‼」

「「はぁあああ‼」」

気迫が込められた二人の声と共に、無数の水の鎖が奴に向かって放たれる。

迫りくる鎖を眺めながら奴は笑った。

「くく、下らん真似を。この鎖では俺の動きは止められぬことが、まだ分からんようだな」

確かに奴の言う通りだ。

地下に存在する何者かが放つ気配が、奴に無尽蔵ともいえる力を与えている。

アクアリーテの水の鎖であっても、奴の体を縛《しば》り付けて動きを止めることは出来ない。

だが――

「お生憎様！　狙いは貴方じゃないわ！　もう貴方は私たちの術中にいる‼」

そのウィンディーネの叫びと共に、アクアリーテが右手を天に掲げる。

「行くわよ、聖鎖水柱陣《せいさすいちゅうじん》！　みんな気を付けて‼」

「ああ！」

その言葉に、地上で残りの繭を切り裂いていたミネルバたちが一斉に亀裂から最も遠い場所へと身を翻す。

「オリビア！」

「ええ、ロザミア！」

ロザミアは華麗に宙を舞って、オリビアを空へと避難させた。

その瞬間、無数の水の鎖は八本の手の化け物を避けるようにしてその周囲の地面に突き刺さった。

「なにぃ！！？」

水の鎖の意外な挙動《きょどう》に、奴は思わず周囲を見渡した。

奴の体ではなく、地面に突き刺さった水の鎖はその場に青い魔法陣を描き、大地が揺れるとそこから巨大な水の鎖の柱が屹立《きつりつ》する。

その数は十六本。

聖鎖水柱陣の名に相応しく地面から生えたそれは上部で一つに合わさり、まるで巨大な鳥籠のように化け物を封じ込めている。

柱には無数の魔法文字が書かれており、籠と外を隔《へだ》てる強烈な封印を作り上げていた。

その中には、奴だけではなく俺やアクアリーテとウィンディーネ、そしてエルフィウスがいる。

「ほう、この鎖は少しは頑丈《がんじょう》そうだ。だが、愚かだな。檻の中に自らも入り込むとは」

俺は奴を見据えると剣を構えた。

そして宣告する。

「言ったはずだぞ、お前には地獄の底まで付き合ってもらうと」

その言葉と同時に俺たちの足元が一気に崩れ去っていく。

「何だと！！？」

突然のことに奴が声を上げる。

先ほどアクアリーテが地面に向かって放った鎖が、地中で激しい水流となり俺たちの周囲の地面を崩したのだ。

巨大な水の籠は俺たちごと、奈落の底へと落下し始める。

「おのれ、小癪な真似を！」

奴の長く巨大な腕が近くの二本の柱を掴み、大きく左右に開こうとしている。

ウィンディーネが叫ぶ。

「なんて力なの！　この水の柱まで‼　ジーク、エルフィウス、あいつを長くは閉じ込めてはおけないわよ‼」

「ああ、ウィンディーネ！」

その時には、もう俺とエルフィウスは落下する籠の中で体勢を崩した奴に迫っていた。

俺がアクアリーテに頼んだのは奴の足元を崩すことだ。

それにはもう十分すぎる。

「グォオオオオオオ！！！」

獣じみた咆哮と共に、奴は水の鎖を一気に左右に捻《ね》じ曲《ま》げると、その上半身を籠の外へと乗り出した。

その瞬間、柱を掴んでいる奴の二本の手をエルフィウスが刎ね飛ばした。

残りの腕がまるで個別に意志を持つかのようにエルフィウスを襲う。

そして、殺気に満ちた奴の顔がエルフィウスへと向けられた。

「今だ！　ジーク！！！」

奴の注意がエルフィウスへと向けられたその時、俺は奴の背後に迫っていた。

アクアリーテやウィンディーネといえども、このまま奴を封じ込めておくのは不可能だ。

ならば、このまま奈落に落ちながら再び奴の首と胴を切り離す。

残る全ての腕も切り裂けば、刎ねられた首を掴み取ることも出来ず、この化け物であってもすぐには再生をすることが出来ないはずだ。

分断された胴と首は、俺たちと共にあの地下都市へと向かい落ちていく。

今、レディンの体の中にいるのは、地下から気配を放っている何者かだ。

そこにいるであろう者の正体を暴き、そして倒す。

仲間が作り出してくれた僅かな隙を見逃さず、奴の背後に回った俺は剣を振るった。

「おぉおおお！　倒魔流秘奥義、魔破光輪！！！」

俺の太刀筋が炎を纏った光の輪となって、剣先が化け物の首へと迫る。

その時――

「くく、その技はすでに二度見せてもらったぞ。俺とこの男でな」

「なに！！？」

奴はいつの間にかこちらを見ていた。

いや、正確に言うと奴のもう一つの顔が。

「馬鹿な！」

エルフィウスが思わず呻く。

奴の正面《しょうめん》にいるのはエルフィウスだ。

だが、それにもかかわらず奴は背後にいる俺にも向き合っている。

こちらを向いているのはレディンの顔だった。

その冷酷な瞳を俺が見間違えるはずもない。

ウィンディーネが目を見開く。

「どういうことなの！　顔が二つあるわ‼」

「え、ええ！　ウィンディーネ」

異様な光景にアクアリーテも声を上げる。

二人が言うように、今奴には二つの顔がある。

一つは正面を向いて、エルフィウスを眺めている顔。

そしてもう一つは、俺を見ているレディンの顔だ。

首は一つだが、角が生え化け物じみた顔の背後に、レディンの顔が浮かび上がっている。

まるで一つの体に二つの魂が存在するかのように、それぞれの顔は俺とエルフィウスを向いていた。

レディンの顔は無機質な目で俺を眺めると、六本の腕で背後からの俺の攻撃を受け止めていた。

同時にエルフィウスによって切り落とされた二本の腕も生え始めている。

化け物の顔が、少しだけこちらを振り向き横顔を見せると愉快げに俺に言った。

「この体を支配するのに少々時間がかかったが、どうやら上手くいったようだ」

エルフィウスが剣を構えると、低い声で言う。

「おのれ化け物め……お前は、一体何者だ⁉」

驚愕を禁じ得ない様子のエルフィウスの問いに、奴は笑った。

「いいだろう、この俺をここまで追い詰めたお前たちに敬意を表して教えてやろう。我が名はゼフォメルド。お前たちが魔神と呼んでいる存在だ」

奴の言葉に俺は思わず問い返す。

「ゼフォメルドだと⁉」

そんなはずがない。

だとしたら俺たちが倒したはずだ。

レディンこそが魔神ゼフォメルドなのだから。

「馬鹿な、あり得ない！」

どういうことだ？　ゼフォメルドとは、レディンの負《ふ》の心が生み出したもう一つの人格ではないのか……

だが、今奴の中から感じる気配は明らかに別の存在だ。

そして俺たちが今、落下しつつある眼下の都市は明らかに二千年前の時代のものではない。

それよりも遥かに古いものだと俺には思えた。

だとしたら、あの先にいるのはレディンではない何者かだ。

「ふふ、ならば自らの目で確かめることだな。だが、お前たちは目的地へ行く前に、俺の手で死ぬことになる」

「くっ‼」

一瞬の静寂《せいじゃく》の後、俺とエルフィウスはゼフォメルドを名乗る二つの顔を持つ化け物と激しく剣を交える。

奴の言葉通り、その体を完全に支配したのか先ほどよりもその動きは速く、技は鋭くなっていた。

そんな中、ウィンディーネが叫ぶ。

「ジーク！　どうするの‼」

「このまま行くぞ！　奴と戦いながら目的の場所に向かう‼」

その言葉に、ウィンディーネとアクアリーテが頷く。

「ええ……そうね」

「そうするしかないわ！」

ここで躊躇《ため》い迷いが生じれば、待っているのは敗北と死だけだ。

奴に二度と同じ手は通じないだろう。

ならばもう俺たちに引き返すという選択肢はない。

「神よ！　我らに勝利を‼」

落下していく状況の中で、アクアリーテの祈りと共に俺たちは奴と戦い続ける。

「「おおおおおお！」」

俺の剣が奴の腕を数本刎ねるが、それは瞬時に再生していく。

落下するほどに眼下から溢れてくる赤い光の密度が増し、それが奴に力を与えているのか、生命力が強まっているように感じた。

その時、まだ落下の途中にもかかわらず、奴が見えない何かの上に着地した。

俺たちもほぼ同時に、奴を囲んだ状態で着地する。

エルフィウスは素早く周囲を見渡すと声を上げる。

「どうなっている！　何故、奴の落下が止まったのだ？　見えないが何かここに、床のようなものがあるぞ‼」

アクアリーテが大きく頷いた。

「ええ、エルフィウス！」

ウィンディーネは七色の髪を靡かせながら言った。

「これは結界の類《たぐい》じゃないわ。それなら、アクアリーテや私が気が付かないはずがないもの」

確かにな。二人ほどの術者ならば、それに気が付かないことはないだろう。

だが、だとしたら、眼下に広がる巨大な都市の上空には、透明《とうめい》で信じられないほどの大きさの防壁が築かれていることになる。

恐らくはそれがドーム状に、都市を守っているのだろう。

どのような国と技術がそんなことを可能にしているのか、俺たちには想像もつかない。

気が付くとジュリアンが亀裂の上で俺たちを眺めていた。

「ふふ、獅子王ジーク。貴方たちの魂の輝きを見せてください。それが約束の地、古代都市ネセルティナへの最後の鍵となる」

「古代都市ネセルティナだと!?」

それが眼下に広がるあの都市の名か？

奴の言葉と同時に、目の前にいるゼフォメルドが再び大きく咆哮した。

濃度《のうど》を増した赤い光が、奴に更なる力を与えているのが分かる。

アクアリーテが叫ぶ。

「見て！　ジーク、翼が!!」

「ああ……」

まるでレディンの力も我が物にしたかのように、奴の背中には六枚の翼が生えてきている。

光り輝く三枚の翼、そして闇色に染まっている三枚の翼。そこから感じるのはレディンの時よりも強い力だ。

八本の腕と、六枚の翼。奴の中にいる二つの存在が一つになり力を増しているかのようだ。

ウィンディーネが思わず呻く。

「なんて密度の霊力なの……まともに戦ってもこいつを殺せないわ！　きっとすぐに再生してしまう‼」

俺は剣を構える。

「だが、やるしかない！」

何としてでもこいつを倒すしかない。

そうしなければ世界は終わりだ。

この上にいる仲間たちも。

「くくく、力が張っていくのが分かるぞ」

変貌《へんぼう》していく奴の体からは超越者すら遥かに超えた力が放たれ、その体がまるで数倍のサイズになったかのような威圧感を俺たちに覚えさせた。

膨れ上がる奴の膨大な霊力は、俺たちが近づくことさえも許さない。

いや、たとえ近づくことが出来ても、奴の翼と八本の手で俺たちは即座に切り裂かれるだろう。

それほどの力を今の奴からは感じた。

エルフィウスが俺とアクアリーテを見つめる。

そして、静かに口を開く。

「二千年の時を経てまたお前たちに会えて良かった。再びこうして、共に戦えることを誇りに思う」

その目は死を覚悟した目だ。

俺は頷く。

「ああ、時は経ち世界は大きく変わっていた。だが、エルフィウス、お前もアクアリーテも少しも変わってはいなかった」

俺の言葉にアクアリーテは涙を浮かべて微笑んだ。

「ええ、あの時のままだわ。戦いましょう。最後まで、私たちの全てを懸けて‼」

「ああ！！！」

恐るべき化け物に変わりつつあるゼフォメルドを前にして、俺たちは手を重ね合った。

ウィンディーネもそこに加わる。

あの時、永遠の別れを告げたはずの友と、そして家族とこうしてまた巡《めぐ》り会えた。

俺は天を見上げる。

たとえ相手が何者であろうとも、俺たちは決して諦めない。

それが、アデラが俺に教えてくれたことだから。

その時、俺たちの紋章が強烈に輝き始める。

これまでよりも遥かに強く、輝く星のように。

「これは……」

俺は思わず声を上げた。

「分からないわ、ジーク。でも、自分の中に今までにないほどの力を感じる」

アクアリーテの言葉にエルフィウスも頷いた。

「ああ、英雄紋が俺たちに戦えと言っている！」

エルフィウスが言うように、輝く紋章が俺たちに奴を倒せと告げているように思えた。

俺たちの紋章を輝かせている力の源は、この障壁《しょうへき》の向こうから感じられる。

まるで、奴に力を与える何者かとは相反《あいはん》する意思を持つかのように。

「この光は一体」

俺は上空で嫣然と笑みを浮かべるジュリアンを見上げる。

奴が言っていた英雄紋の秘密とは一体何だ。

そして紋章をこれほど強く輝かせる力の源は……

だが、今はそれを考えている暇はない。

ゼフォメルドが大きく翼を広げた。

「行くぞ！　アクアリーテ、エルフィウス‼」

「ええ！」

「ああ、ジーク！」

レディンの力さえ完全に自らのものとして、六枚の翼を持つゼフォメルドが俺たちに迫る。

「我が名は魔神ゼフォメルド。忌《い》まわしき英雄紋を持つ者を滅し、この世界を破壊する！」

長く伸びて迫りくる六枚の死の翼。それはその体がレディンのものであった時よりも遥かに速度と力を増し、俺たちを襲う。

その時――

凄まじい光を放つ雷が周囲に巻き起こった。

「真《しん》・雷化天翔《らいかてんしょう》‼」

強烈な雷に包まれた六人のエルフィウスが周囲に現れ、奴の翼を剣で受け止める。

バチバチと音を立てる鍔迫《つばぜ》り合《あ》いによって生み出された光が、辺りを照らし出す。

「六星死天翔奥義！　光雷天武《こうらいてんぶ》‼」

輝く紋章が生み出したエルフィウスの新たなる力が、秘奥義の六星死天翔さえも超えた技を生み出している。

その名の通り、雷は強い光を帯びていた。

エルフィウスの額には俺たちと同じ光の紋章が現れている。

三人の紋章が、更に強く共鳴したかのように。

「銀獅子姫アデラよ。あの時、俺は貴方の姿に心を奪われた。死してもなお、勇敢に前を向いていた貴方のことを。その倒魔人の誇りは、貴方の息子と娘がしっかりと受け継いでいる！　そして、この俺も‼」

「ああ！　エルフィウス‼」

翼に続いて襲い掛かる奴の八本の腕による攻撃を、俺の剣がはじき返した。

俺たちの体を今まで以上に強力な補助魔法が包んでいる。

それはアクアリーテの祈りだ。

「アデラ、私たちに力を‼」

一瞬のうちに、ゼフォメルドと俺たちの間で無数の斬撃が繰り広げられる。

そして、奴と俺たちの間に渦巻く闘気が熱を帯び、凄まじい上昇気流を生んで奴もろとも俺たちを亀裂の上まで押し上げていく。

激しい攻防を繰り広げながら再び地下庭園へと姿を現した俺たちを見て、フレアとシルフィが叫んだ。

「ジーク！」

オベルティアスが、白い光を帯びた雷に包まれるエルフィウスを見て声を上げる。

「アクアリーテ‼」

「主よ！　なんという力だ‼」

精霊たちを、そしてロザミアたちをアクアリーテの強力な加護が包み込んでいく。

ロザミアは力強く羽ばたくとこちらを見上げる。

「主殿！　ティアナ‼」

ミネルバやレイアの声も聞こえた。

「この力は……」

「ええ、ミネルバ様！　ここにいる皆を、強い加護の力が包み込んでいる」

同時に、彼女たちの強い思いが俺たちにも伝わってくる。

まるで英雄紋の光が俺たちの魂を繋いでいるかのように。

「おぉおおおおおお！！！」

極限を超えた俺の額の紋章の輝きが、強烈な光でその場を照らし出す。

オリビアとゼキレオスがそれを見上げて言う。

「お父様！」

「見よリヴィ……獅子王ジーク、地上に輝く星よ！」

二千年前の星読《ほしよ》み、オーウェンの予言が成就《じょうじゅ》したかのように、俺の額に強く輝く英雄紋。

しかし、同様にゼフォメルドの闇と光の紋章も強い輝きを放っている。

ゼフォメルドが笑みを浮かべながら俺に言う。

「ふふ、確かに強い。だが、勝つのはこの俺だ」

その瞬間、奴の翼は大きく開かれて、そこからは無数の羽根が周囲に舞い散った。

白く輝く羽根と、黒い闇のような羽根。それが、空中で絡み合って何かを形作っていく。

そんな光景を見上げながらミネルバが叫ぶ。

「また、繭か！」

「ミネルバ様‼」

身構え、警戒をするミネルバとレイア。そんな中、ロザミアが声を上げた。

「違う！　繭ではない‼　あれは……」

ロザミアが言うように、それはレディンが作り上げた繭とは違った。

二枚の羽根は宙を舞いながら絡み合うと、そのまま一つの生命体を作り上げていく。

白と黒の翼を持ったそれは、邪悪な瞳で周囲を見渡すと長いかぎ爪を天に掲げながら吼えるように声を上げた。

ミネルバたちが地下庭園の空を見上げる。

「まさか……」

「あれが、魔神の使徒か‼」

レディンとの戦いでは、彼女たちの活躍もあり繭から姿を現すことがなかった生物が今、俺たちの周囲に無数に出現し始めている。

ゼフォメルドが撒き散らした白と黒の羽根が奴らを次々と作り出していた。

それぞれの個体が魔族のロードやクイーンに匹敵する力を持っているのが分かる。

こんな連中が無数に溢れ出せば、地上は地獄へと変わるだろう。

ゼフォメルドはこちらを眺めながら笑った。

「この身に満ちた生命力があれば、こやつらを生み出すのに繭など必要ない。残念だったな、英雄紋を持つ者どもよ。滅びは今この地から始まるのだ」

そう言うと、奴は全身の霊力を喉元に集めていく。

それを見てウィンディーネが叫んだ。

「気を付けて！　何かするつもりよ‼」

次の瞬間、奴はつんざくような咆哮を上げた。

喉元に集まった霊力が波動《はどう》のように吐き出され、それがアクアリーテが作り出した結界に大きな亀裂を生じさせる。

「ううう！！」

アクアリーテは思わず胸を押さえる。

その顔は青ざめ、苦しそうに息を吐いていた。

「アクアリーテ！」

俺は奴と戦いながら叫んだ。

今この地を守るために張られている水の結界は、アクアリーテが命を懸けて作り出したものだ。

それが破られれば代償として命を失う。

ウィンディーネがアクアリーテの背後で両手を天に掲げた。

「させないわ！　アクア、貴方は私の大切な友達なの！　いつも私に話しかけてくれた、いつだって一緒にいてくれた。絶対に死なせたりなんかしないんだから‼」

長い間エルフの森で一人っきりだったアクアリーテは、いつも森の泉に語り掛けていた。

寂しい時も、嬉しい時も。

その思いが、ウィンディーネを生み出したのだから。

彼女たちはいつだって二人で一人だ。

ウィンディーネの必死な姿を見て、アクアリーテは胸を押さえながら自分を奮い立たせるかのようにしっかりとした声で言った。

「ウィンディーネ。私は、私たちは負けない！　そうでしょ‼」

「ええ、アクア‼」

二人の思いが、強力な魔力を生み出して、結界に生じた巨大な穴をゆっくりとだが修復《しゅうふく》し塞いでいく。

だが、その時にはもう塞ぎかかった亀裂に向かって無数の使徒たちが押し寄せていた。

オリビアがそれを見て叫ぶ。

「駄目ぇえええええ‼」

それは魂の叫びだろう。

無数の化け物たちが、地上に這い出してこの国の人々を皆殺しにする。

王女であるオリビアにはとても耐えられることではない。

悲痛な顔で亀裂を見上げるオリビアの視線の先に、フレアとシルフィが現れるのを俺は見た。

「行かせない……行かせないわ！　二千年前、私は村の人たちを守り切れなかった。多くの人たちが死んだわ。もう、あんな思いは嫌なの！！」

フレアは、ほむらの代わりに命懸けで村を守った。

だが、守り切れなかった者たちもいる。

そんなフレアの言葉にシルフィは頷いた。彼女もまた、故郷の同胞と妹のエルルを目の前で失った。

「私もよ、フレア。あの時、私がエルルの話をもっと聞いていれば。ずっとあの子と一緒にいれば。後悔ばかりだわ。もう二度とこんな後悔はしたくない‼」

彼女たちの強い思いが、そして俺たちを繋ぐ英雄紋の光が、二人に強烈な力を与えていく。

フレアの手にした薙刀が白い炎を纏うと今までにないほどの輝きを見せる。

「はぁあああ！　鬼神霊装アマテラス！　滅魔日輪《めつまにちりん》の舞《まい》‼」

輝きながら舞うようにして魔神の使徒たちを切り伏せるフレア。同時にシルフィの十本の尾が強烈な風と氷の力を宿した。

風はシルフィの力、そして氷は妹のエルルの力だ。

「行くわよエルル！　ラグナロクファング‼」

疾風のように空を駆けるシルフィの牙が、次々と魔神の使徒を切り裂き塵に帰した。

だが、その間も舞い散る羽根が使徒たちを作り上げていく。

シルフィが唸り声を上げる。

「倒しても次から次に生まれてくる。キリがないわ」

使徒を生み出しているゼフォメルドの尽きることのない霊力に歯噛《はが》みするシルフィ。そんな彼女に、フレアが薙刀を構えながら答える。

「でもやるしかない！　ジークたちがあいつを倒してくれるまで、いつまでだって‼」

「ええ、そうねフレア！　せめて、アクアリーテたちが結界の亀裂を塞ぐまではここを動けないわ！」

神獣オベルティアスも二人に加わって、使徒たちと戦っている。

「精霊たちよ、主たちを信じてここを守り切るぞ！　世界を、地上を守るのだ‼」

「ええ‼」

「分かってるわ、オベルティアス！」

フレアたちも無傷ではない。

恐るべき魔神の使徒どもの群れは、地下の戦いで大きな力を得たフレアやシルフィさえも疲労させ、その体には真新しい傷が幾つも刻みつけられている。

「くぅう‼」

「フレア！」

激しい戦いに歯を食いしばるフレア。だが、俺を見て叫ぶ。

「私たちは大丈夫よ！　ジーク‼」

精霊たちの思いに応えるように、アクアリーテとウィンディーネは結界の修復に死力を尽くしている。

そして、俺とエルフィウスは、奴の刃のような翼と八本の手を相手に死闘を繰り広げていた。

エルフィウスが奴の攻撃を受け止め、俺がその翼や腕を刎ね飛ばす。

だが、恐るべき速さでそれは再生を繰り返した。

エルフィウスが思わず呻く。

「おのれ、なんという生命力だ！　斬った瞬間に再生されてしまう」

「ああ！」

だが、俺たちには戦い続けるという選択肢以外に採る道はない。

フレアやシルフィたちが、使徒が外へと溢れるのを防いでくれているうちに活路を開かなければ。

このまま戦いが長引けば、彼女たちもいずれは力尽き、魔神の使徒たちに食い尽くされる。

恐ろしい光景が一瞬脳裏をよぎった。

そんな激しい戦いの中で、ゼフォメルドは眼下を眺めながら愉快そうに目を細める。

「いいのか？　上だけではない、下にも使徒どもは向かっているぞ」

「なに⁉」

俺は奴の視線の方角を見る。

奴の言葉通り、使徒たちの中には結界の亀裂だけではなく、何かに引き寄せられるかのように下へと向かっている者もいた。

「しまった！　ロザミア‼　ミネルバ！」

下に向かっている使徒たちが狙うのは、ロザミアたちだ。

美しい獲物《えもの》たちを見つけてそれに群《むら》がるかのように向かっていく。

ロザミアとミネルバがこちらを見上げて叫ぶ。

「主殿！　私たちのことは気にするな！　そいつを倒してくれ‼」

「ああ、坊や！　私は誓ったのさ、この世界を守るために一歩も引かないってね‼」

そんなロザミアとミネルバの傍で、レイアとゼキレオスも剣を構える。

「世界を救ってくれ、レオン！」

「獅子王よ、地上とそなたたちに栄光あれ‼」

オリビアは俺を見て微笑んだ。

「レオン、貴方を愛しているわ。勝って！　貴方たちの勝利を信じてる‼」

彼らの目は迫りくる死を悟っていた。

それでも、ミネルバたちは使徒の方へと踏み出していく。

真っ先に使徒たちと剣を交えたミネルバの右手が無残にも宙を舞った。

「やめろぉおおお！！」

俺は思わず叫んだ。

ゼフォメルドの笑い声が響く。

「ふふ、ふはは！　どうだ、お前たちの仲間が生きたまま引き裂かれ食い尽くされていく姿は」

「ミネルバぁああ！！！　嫌ぁああああ‼」

フレアの絶叫が辺りに響き渡る。

二千年前と同じように、仲間たちを守り切れなかったという思いが悲痛な叫びに変わったのだろう。

そして、ミネルバたちがいた場所は使徒どもに埋め尽くされる。

「そんな……」

シルフィが声を詰まらせる。

「ロザミアさん！！！　みんな！」

アクアリーテが涙を流す。

俺の脳裏に、この国にやってきてからの思い出が蘇《よみがえ》ってくる。

ティアナが作る料理を食べるロザミアの笑顔、その笑顔がいつだって俺たちを和《なご》ませてくれた。

慣れないドレスを着てはにかむミネルバの姿、そして舞踏会で子供たちと楽しそうにダンスを踊るレイアの姿も。

騎士王として俺と立ち会ってくれたゼキレオス。王女でありながら時折見せる無邪気《むじゃき》な少女のようなオリビアの笑顔を。

激しい怒りが俺の紋章を更に輝かせた。

「おぉおおおおおおお！！！」

怒りに任せて突き進んだ俺に、ゼフォメルドの八本の腕が立ちはだかる。

剣と剣が激しくぶつかり合い、火花を散らした。

ゼフォメルドが俺を嘲笑うかのように言った。

「あれが貴様らの行く末だ。惨めな死がな」

「ゼフォメルド、俺は貴様を許さん！」

仲間たちの無残な死に打ちひしがれそうになった、その時――

凄まじい炎が地上から立ち上る。

それは火柱となってミネルバたちに群がっていた使徒たちを焼きつくした。

「なにぃ？」

笑みを浮かべていたゼフォメルドの目が、意表を突かれて火柱の方へ向く。

その炎の中から一人の女性が姿を現した。

まるで戦女神のような美しいその姿は、俺たちがよく知る女性のものだ。

体からは闘気が溢れている。

「ミネルバ！」

俺は思わず声を上げた。

シルフィも周囲の使徒と戦いながら叫ぶ。

「無事だったのね‼」

その後ろにはロザミアやレイア、そしてゼキレオスとオリビアの姿も見える。

「みんな……」

信じられない光景にフレアも涙を浮かべた。

「だが、どうやって？　あの使徒の群れを……それにこの力は一体何だ」

オベルティアスもそう言ってミネルバの姿を見つめていた。

ミネルバが放つ力は神獣や精霊たちを凌《しの》ぐほどのものだ。

とても先ほどまでの彼女とは思えない。

ミネルバの鋭い眼光が、再び迫りくる使徒の群れを射抜く。

「魔神の使徒か、上等じゃないか。来な！　化け物ども」

食らい尽くされたと思った女が目の前に立ちはだかり、一瞬動きを止める使徒たち。

だが、すぐに群れを成して再びミネルバに襲い掛かる。

ミネルバは剣を構えた。

「どうやらこの体は私と相性《あいしょう》がいいようだ。力が漲ってくる」

その瞬間、彼女が右手に持つ剣が強烈な炎を帯びて、一気に先頭の使徒を数体切り裂いた。
炎に焼かれ断末魔の叫びを上げる使徒たち。
だが、おかしい。ミネルバの右手は先ほど、使徒によって刎ね飛ばされたはずだ。
しかしその右手は確かに今、しっかりと剣を握っている。
「あれは……」
よく見ると姿はミネルバだが、右手だけは別人のものだ。
その手は俺にも見覚えがある。
フレアが口元を押さえ、肩を震わせながら彼女の右手を見ている。
「そんな……まさかその手は」
俺はその時、彼女が何者なのかようやく分かった。
彼女は剣を左手に持ち替えると、炎で薙刀を作り出しそれを右手に掴む。
薙刀を握る右手にはフレアのように鬼の爪がある。
そして、ミネルバの額には紅《くれない》の角が生えてくる。
まるで艶《あで》やかな鬼の美姫《びき》だ。
ミネルバの美貌と、鬼神と呼ばれた彼女の妖艶さや強さを併《あわ》せ持っている。
フレアが震える声で叫んだ。
「ほむら！！」

それは紛れもなくほむらだった。

ミネルバの姿をしているが、この力は紛れもなく鬼神と崇められたほむらのものだ。

「強くなったねフレア。もう私が力を貸さなくても、あんたの命の炎は消えたりしない。そうだろ？　フレア」

「うん……お母さん」

フレアはそう答えると涙を流す。

そんな娘を優しく見上げながら、ほむらは群がる使徒たちを見据えると薙刀を構えた。

「来るなら来な！　この子の家族は、仲間は、私が守る。もう二度とフレアにあんな思いをさせたりしない！　この私の魂に懸けてもね！」

ほむらの思いが、魂の輝きが英雄紋を通じて俺たちに伝わってくる。

俺の額が今まで以上に熱くなり、強烈な輝きを見せた。

「おぉおおおおおおおお！！！」

思わず吼えるように叫ぶ。

その瞬間、英雄紋の輝きに反応したかのように、巨大な黄金の魔法陣が俺を中心にして描かれた。金色の光が、俺たちに新しい力を与えてくれる。ほむらとミネルバが起こしたのと同じ、奇跡の業《わざ》だ。

アクアリーテが祈りながらウィンディーネと一つになっていく。

「そうよ、私たちは繋がっている。ジークは私たちを繋ぐ光だから。だから私たちは負けない！」

精霊と一つになったアクアリーテの髪が七色に輝き、その手を天に掲げた。

彼女が放つ膨大な魔力によって結界の亀裂がみるみるうちに閉じていくと、更に結界の力が強まるのを俺たちは感じた。

そして黄金に光る魔法陣の中で、シルフィの体が輝き二人の少女へと変わっていく。

二千年前に滅んだ精霊の国、ルティウクの王女だった時の姿だ。

彼女たちは淡《あわ》い光に包まれて、魔神の使徒に囲まれたロザミアたちの方へと向かう。

ロザミアの周囲に強烈な風の力が集まっていく。

そして、レイアには今までにないほどの氷の力が宿っていった。

「これは……」

「なんという力だ！」

呆然とするロザミアとレイア。二人の背後には、淡い光に包まれたシルフィとエルルが立っている。

エルルがシルフィに言う。

「もう二度とあんな思いはしたくない。ねえ、そうよね。お姉ちゃん！」

「ええ、エルル」

崩壊《ほうかい》した精霊の王国の姿と、自分の腕の中で氷の結晶のように砕けていったエルルの体。

シルフィはそれを思い出したのか一筋の涙を流す。

シルフィは妹の言葉に頷くとその体は渦巻く風へと変わっていく。

「もう誰も失いたくない」

風はロザミアの周囲を舞い、問いかけた。

「地上の人たちを、私たちの家族を守る‼　そうでしょ？　ロザミア！」

「ああ、シルフィ。私の全てを懸けても‼」

その言葉に、シルフィはロザミアと一つになっていく。

白い翼が強烈な風の力を宿しているのが分かる。

そして隣にはレイアと一つになったエルルが立っている。

手に持つ剣は吹雪《ふぶき》のような冷気を纏い、凄まじいオーラが辺りに広がっていく。

ほむらはそれを見て頷き、シルフィとエルルに言う。

「行くよ！」

「ええ、ほむら‼」

「行きましょう！　お姉ちゃん‼」

彼女たちと一つになったミネルバたちも大きく頷いた。

「レイア！」

「はい！　ミネルバ様‼」

「もう、お前たちの自由にはさせない‼」

ロザミアはそう叫ぶと、レイアと共に魔神の使徒の群れに突き進んでいく。

華麗に宙を舞うロザミアとレイアには、いつの間にか白い狼の尾と耳が生えている。

それが身体能力を向上させ、凄まじい速さで敵の中を駆け巡る。

「『フェンリルブレード‼』」

同時に声を上げたのは二人の中のシルフィとエルルだ。

鮮やかなコンビネーションで無数の数の使徒たちを切り伏せる力は、精霊の姿の時よりも遥かに強まっている。

シルフィがフレアに向かって叫ぶ。

「貴方はジークと！　全ての決着をここでつけるのよ‼」

「ええ、シルフィ！！！」

フレアは、使徒の群れを薙刀で振り払うとこちらに向かってやってくる。

黄金の魔法陣の光の中で、その姿は途中で炎となるとゼフォメルドと戦う俺の周囲に渦巻いた。

「ジーク、いつも一緒にいてくれてありがとう。貴方がいてくれたから私は笑顔でいられた。二千年前も、そして今も！」

フレアの思いが、魂の力が俺の中に流れ込んでくる。

かつてヤマトの村で出会ったあの日から、辛い時も嬉しい時もいつも一緒にいた俺の大事な家族だ。

倒魔人としての激しく厳《きび》しい戦いの中で、フレアの笑顔がどれほど俺やシルフィを救ってくれただろう。

「フレア、礼を言うのは俺の方だ」

英雄紋の光に導かれるように、オベルティアスもエルフィウスと一つになっていく。

その光の中で、俺は再びアデラの姿を見た。

「アデラ……」

アデラは俺に微笑んでいた。

「おぉおおおおおおお！！！」

黄金の魔法陣が俺に力を与えてくれる。

ここにいる全ての仲間たちの思いが、俺の中に流れ込んできた。

握った剣に、紋章が刻まれていく。

俺の炎の紋章、アデラの光、アクアリーテの水、そしてエルフィウスの雷の紋章が。

全ての英雄紋が俺の剣に凝縮され、強烈な光を放った。

オリビアとゼキレオスが声を上げる。

「見て、お父様！」

「紋章の輝きが魔神の使徒どもを！」

皆の思いが、英雄紋の光が、使徒たちを消滅《しょうめつ》させていく。

それを見てゼフォメルドが咆哮を上げる。

「おのれ、そんなこけおどしが俺に通じると思うなよ！」

「ならば試してみるがいい！」

凄まじい勢いで向かってくるゼフォメルドに俺は剣を振るった。

奴の六枚の翼と八本の腕を一気に切り落とし、首を刎ねる。

刎ねられた奴の首が笑う。

「馬鹿め、何度斬っても無駄だと分からんのか！」

だが、その笑みはすぐに消え去った。

切断した体は再生することもなく、奴の目は見開かれる。

「馬鹿な！　おのれ！　おのれぇぇぇぇ‼」

怨嗟《えんさ》の声を上げるゼフォメルドの姿にオリビアが声を上げた。

「お父様！」

「ああ、リヴィ‼　レオンたちの勝利だ！」

オリビアたちだけではない。

俺も、アクアリーテやエルフィウスも、この場にいる全ての仲間たちが勝利を確信したその時――

突如として俺たちの前に巨大な扉が現れた。

扉というにはあまりにも大きなそれには、見たことがない模様《もよう》や文字が描かれている。

そしてその中央には、巨大な目があった。

俺は扉の前でそれを呆然と眺めていた。

「これは……一体」

傍にいるアクアリーテやエルフィウスも、一瞬声を失った後呻くように言った。

「ジーク！」

「一体何なのだ、この扉は！」

その時、ジュリアンの声が頭上から響いた。

奴は扉の上で神龍の翼を広げている。

「ふふふ、獅子王ジーク。言ったはずですよ。貴方たちの魂の輝き、それこそが約束の地、古代都市ネセルティナへの最後の鍵となるとね」

巨大な扉が開いていく。

俺たちはまるで何者かに魅入《みい》られたかのようにその場に立ち尽くした。

そして、それは切り裂かれたゼフォメルドやジュリアンと共に俺たちを吸い込むと、ゆっくりとその扉を閉めた。

5　古代都市ネセルティナ

巨大な扉がゆっくりと閉まっていく。

そして、それはジークたちと共に消えた。

「主殿ぉおおお！！！」

ロザミアの叫びが地下庭園に響き渡る。

ジークの英雄紋の力でゼフォメルドとの戦いに勝利したと皆が確信した時、突如として現れた巨大な扉。それはジークやアクアリーテ、そしてエルフィウスを呑み込むと消え去った。

突然の出来事に、その場に残された者たちは呆然と立ち尽くしている。

ゼキレオスは扉が消えた場所を見つめながら呻く。

「一体どうなっているのだ？　レオンたちはあの化け物に勝利したはずだ。なのに何故……」

この場所に残されたのは、ゼキレオス王と娘のオリビア、そしてほむらやシルフィ、エルルと一つになったミネルバ、ロザミア、レイアである。

シルフィと一つになったことで生えてきた白い狼耳をぺたんと垂《た》らして、ロザミアが悲痛な声を漏らす。

「シルフィ……主殿が、ティアナが消えてしまった。私はどうしたら」

ジークの紋章が繋いだ絆《きずな》で勝ち取った勝利に沸《わ》き立った直後の出来事だっただけに、皆の落胆《らくたん》は大きい。

ロザミアは涙を零す。

「主殿、どこに行ってしまったのだ」

突然現れた扉に描かれていた巨大な目に、ここにいる皆は否《いや》が応《おう》でも不安を抱かずにはいられなかった。

あの扉が、ジークたちを手の届かない場所へと連れ去ってしまったかのように思える。

思わず膝をつくロザミアを鼓舞《こぶ》すべく、彼女の中にいるシルフィが声を上げた。

「ロザミア！　諦めては駄目よ。ジークたちはきっと生きている！　必ず探し出すわ‼」

シルフィは自分に言い聞かせるようにそう口にした。

（こんな時に、ウィンディーネがいてくれたら）

皆の連携《れんけい》を取るために、それぞれの肩の上にいた小さなウィンディーネも消えてしまっている。

アクアリーテとウィンディーネが一つになったからだろう。

(もし彼女がいたら、ジークやアクアリーテたちの行き先も分かるはずなのに)

シルフィは、扉が消えた場所を見つめると呟く。

「ジュリアンは、英雄紋の輝きが古代都市ネセルティナへの最後の鍵だと言っていたわ。そこが約束の地だとも。だとしたらあの扉は……」

オリビアがそれを聞いて頷いた。

「ええ、きっとそうだわ！　あの扉はそこに繋がっているのよ。私はあの亀裂に落ちかけた時、ハッキリと見たの。亀裂の奥に、このアルファリシアの都さえ遥かに凌ぐほどの広さを持つ巨大な都市を」

地下深くから感じられた気配の主を倒しに、一度はジークたちがそこに向かったのをオリビアも知っている。

(あれがジュリアンが言っていた古代都市ネセルティナだとしたら)

ロザミアも大きく頷く。

「うむ！　オリビア。私もハッキリと見た‼　あんな地下深くに信じられない光景だった」

ミネルバやレイアも同意する。

「亀裂の上からだが私も見た。もしや……」

「ええ、ミネルバ様！　あれが古代都市ネセルティナだとしたら、レオンたちはきっと‼」

「ああ、間違いない！　きっとレオンたちはあの地下深くの都市にいる」

その言葉を聞き終わらないうちに、ロザミアが大きく羽ばたく。

「行くぞ！　シルフィ‼　あの先に進めるのか試してみる！」

「ええ、ロザミア！」

亀裂の方へと向かうロザミアの姿を見て、エルルも続こうとする。

「待って！　お姉ちゃん‼　危険よ、私も行くわ‼」

エルルに体の主導権を取られレイアは少し戸惑った様子だが、軽く自分の尻尾《しっぽ》を触ってため息をつく。

「私の体に狼の尻尾が。動物は好きだが、まさかこんなことになるんて」

「下らないことを言ってないで行くわよ！　レイア」

「わ、分かっている！」

自分の中のエルルに尻を叩かれるようにして、レイアはロザミアの後を追う。

ロザミアはその翼で華麗に亀裂の中を下降していく。

レイアは、野生の狼のようなしなやかさで崖の岩面を蹴ると亀裂の奥へと向かった。

「お姉ちゃん、どう？」

エルルの問いに、シルフィがロザミアと共に翼を羽ばたかせながら答える。

「ええ！　この調子なら行けるかもしれない‼」

そんな中、ロザミアが気流に違和感《いわかん》を覚えて、翼を大きく羽ばたかせ下降をやめる。

訝しげにシルフィが問いかけた。

「どうしたの？　ロザミア」

「あ、ああ。シルフィ。風の流れがおかしい。まるでこの先に壁があるようだ」

「壁ですって？」

僅かな気流すら感じ取ることが出来る翼人独自《どくじ》の感覚だろう。

ロザミアは下降の速度を落としてゆっくりと地下都市へ向かっていく。

すると、程なくしてロザミアの足は見えない何かの上に着地した。

「これは……」

自分が立っている足元を触るロザミア。彼女と感覚を共有しているシルフィも頷く。

「貴方の言う通りね、ロザミア。ここに見えない壁があるわ！　そういえば、ジークたちも一度あの先に向かったけれど地下庭園に戻ってきたもの」

「ならば、ここから先には行けないということか」

落胆するロザミアの姿に、後から追いついたエルルとレイアも項垂《うなだ》れた。

シルフィが言う。

「とにかく、一度上に上がりましょう。みんなに報告しないと」

彼女の言葉に、レイアたちも頷くと亀裂を上がっていく。

地下庭園に戻ってくると、シルフィがオリビアたちに結果を報告した。

ミネルバが唇を噛む。

「そうか、見えない壁が。なら、どうしたら……」

オリビアは父王に尋ねた。

「お父様、伝承でも何でも構いません！　あの扉や地下に広がっている都市について知っていることはありませんか？」

娘の切実《せつじつ》な眼差しに、ゼキレオスは首を横に振る。

「リヴィ、ワシにも分からぬ。あれが一体何なのか、どうすれば辿り着けるのかもな」

四英雄の血を引き、このアルファリシアの王であるゼキレオスさえ知らぬことを他の誰が知っているのか。

そんな思いが、その場の空気を重く沈《しず》ませていく。

シルフィはほむらに尋ねる。

「ほむら、貴方なら何か分からない？　鬼神と呼ばれた貴方ならもしかして……」

微《かす》かな望みを託《たく》すかのように、皆はミネルバを見つめる。その中にいるほむらのことを。

ほむらは暫く考え込むと、静かに口を開く。

「……そうだね、一つ心当たりがないでもない」

思いがけない彼女の言葉に皆、一様《いちよう》に身を乗り出す。

「本当か！」

「教えて頂戴《ちょうだい》、ほむら‼」

続けざまに口を開くロザミアとシルフィに、ほむらは首を横に振る。

「ちょっと待ちな、その前に確かめたいことがある」

ジークたちを心配するあまり、シルフィが思わず声を荒らげた。

「ほむら、のんびりしている時じゃないわ！　貴方は心配じゃないの？　フレアもジークと一緒なのよ‼」

「心配に決まっているさ、すぐにでも駆け付けてやりたい。でも、どうしてもその前に確認するべきことがある。それに、もしかするとそいつならこの先に進む方法を知っているかもしれない」

意外な言葉にシルフィたちは衝撃を受ける。

「ほむら、一体どういうこと？　そいつって誰なの。ここには私たち以外いないわ」

シルフィの問いにほむらは答える。

「いいや、もう一人いる。私がミネルバ、そしてロザミアやレイアが精霊たちと一つになれたのは奇跡や偶然なんかじゃない。そいつが私たちに手を貸したのさ。私の目は誤魔化せないよ」

そう言ってほむらは背後を振り返った。

ほむらの視線の先には庭園の入り口を守るように聳《そび》え立《た》つ、巨大なクリスタルの柱がある。

そしてその中に眠るのは神龍ルクディィナの姿だった。

ルクディィナを眺めながらほむらが言う。

「ミネルバと一つになったあの時、確かにその中から力を感じた。ジークの英雄紋の魂を繋ぐ光、それを手助けするようにね。それに、あの黄金の魔法陣を描いたのはあんただろう？」

「何ですって？」

ほむらの言葉に、シルフィは思わず巨大なクリスタルを見上げる。

（あの時、まるでジークの英雄紋に反応するかのように描かれた黄金の魔法陣。確かにあれを描いた者がいるはずだわ。まさか、それが……）

クリスタルの中の巨龍は何も答えることがない。

静かに眠っているように見えた。

そんなルクディィナを眺めながら、ほむらは続ける。

「神龍と呼ばれた者が妙な力を使うものだ。契約を交わした精霊ならばともかく。鬼神である私とミネルバさえも一つにする力。まるでそれは人と魔を一つにする力だ。シルフィ、これにそっくりな術にあんたは心当たりがないかい」

ほむらの言葉にシルフィはハッとする。

「まさか！」

そんな二人を見つめながらオリビアが呟いた。

「人魔錬成《じんまれんせい》……」

ほむらは頷いた。

「ああ、そうだ。人魔錬成さ。その力はミネルバ、あんたが一番身に染みているはずだよ」

ほむらは自分と一つになっているミネルバに問いかける。

ミネルバは大きく頷いた。

「確かに、私の中に何か別の存在が入ってくるあの感覚、あれは初めて闇の術師……いいや、ジュリアンに術を掛けられた時の感覚に似ていた。まさか、もしこれが人魔錬成だとしたら……」

ジュリアンや人魔錬成の名が出て皆に戦慄《せんりつ》が走る。

一同は、思わず身構えながらクリスタルの中の神龍を見上げる。

ほむらは神龍を見つめながらもう一度問いかけた。

「さあ、答えてもらうよ。神龍ルクディィナ」

ほむらの炎が神龍が眠るクリスタルを包囲するかのように立ち昇《のぼ》る。

「悪いがゆっくりと待っている時間はないんだ！」

その炎の中でクリスタルの中の巨大な龍が目を開ける。ロザミアが身構えた。

「気を付けろ！　こっちを見ている‼」

レイアも臨戦《りんせん》態勢に入った。

「ああ！　油断するな！　相手は神龍と呼ばれるドラゴンだ‼」

ゼキレオスは娘を守るように前に立つ。

「リヴィ、下がっておれ」

「お父様！」

ほむらだけが静かに、揺れる炎を映し出すクリスタルを眺めていた。そしてその中にいる巨龍を。一気に緊張感が増す中、クリスタルは強烈に輝くと塵となり消えていく。

その時、神龍の体から淡《あわ》い光が抜け出すと、それはオリビアの中へと入っていった。

ゼギレオスが思わず声を上げる。

「リヴィ‼」

ミネルバとレイアも彼女のもとに駆け寄る。

「何だ今の光は！」

「オリビア様！」

そんな二人の前に、輝く翼を持つ一人の女性が立っていた。その顔は確かにオリビアのものだ。だが、瞳は淡い黄金の光を放っている。

ゼキレオスは呻いた。

「リヴィ……いや、違う」

父であるゼキレオスが感じたように、それは娘のオリビアであってそうではない。

国王の言葉にミネルバとレイアは剣を構える。

「オリビア様の中に……まさか、これは人魔錬成か⁉」

「貴様、一体何者だ‼」

オリビアは、ゆっくりと彼らの方を向く。ほむらはそれを見て言った。

「どうやら、ようやく対面が叶ったようだね。話してもらうよ、あんたは何者だい？　それにあの時、私たちに何をした？」

オリビアの中にいる何かは、ほむらを見つめると静かに口を開く。

「私の力の殆どは、ジュリアンに奪われています。だから、あの時はああするしかなかった。ですが、あれほどの力を発揮出来たのは、彼らの英雄紋の輝きと貴方たちの魂の絆の強さゆえです」

そして続ける。

「我が名はルクディィナ。貴方たちに全てをお話ししましょう。この星の真実、私が知ることの全てを」

◇　◆　◇　◆　◇

俺はレオン。

激しい戦いの末、俺たちはゼフォメルドを倒した。

英雄紋の輝きが仲間たちの力を結集し、奴を切り裂き止《とど》めを刺した。

だが、勝利を手にしたと思ったその時、目の前に現れたのはあの巨大な扉だ。

異様だったのはその扉に刻まれた目だ。あれは只の彫刻《ちょうこく》ではない。何者かの意志をあの瞳からは感じた。

まるで、体の自由が奪われたかのように扉の前に立ち尽くす俺たちを吸い込むと扉は閉じた。

俺は今、その扉の中にいる。周囲は暗闇に閉ざされていた。

「アクアリーテ！　エルフィウス‼」

俺は剣を構えながら周囲を見回すが、返事はなかった。

「ジーク！」

俺の中でフレアの声がした。

「フレア‼　良かった、お前は無事だったんだな」

「ええ、でも……あの扉は一体。今、私たちはあの中にいるのかしら？」

フレアの問いに俺は頷く。

「恐らくな、まるであそこに描かれた目に魅入られたかのように吸い込まれた。きっとアクアリーテたちも同じはずだ」

フレアがぞっとした様子で言う。

「あの瞳、私たちを見ていたわ。ジーク、貴方も感じたでしょう？」

「ああ、フレア」

「いずれにしても、もしジュリアンの言った通りなら、この扉は約束の地とやらに繋がっているはず」

フレアの言葉に俺は頷く。

「古代都市ネセルティナ……か」

「ええ」

そこに何があるのか。

ゼフォメルドに力を与えていた者の正体は、そしてジュリアンが言う英雄紋に隠された謎とは一体。

その時、俺たちは目の前に巨大な目が現れるのを見た。あの扉に刻まれていた目と同じものだ。

「ジーク！」

「ああ、フレア‼」

思わず剣を構える。こいつがゼフォメルドに力を与えていた者か？

……いや、違う。これは、あの時感じたものとは別の存在だ。

その目は、俺が手にした剣を見ている。そこには炎、光、水、雷の四つの紋章が刻まれている。

巨大な瞳でこちらを見ている何者かの声がした。

「英雄紋を束《たば》ねし者よ。使命を果たせ」

「使命だと？」

こいつは何を言っている。使命とは何だ？

だが、声の主はそれに答えることはなかった。

ゆっくりと閉じられていくその瞳。それと同時に扉が開かれていく。

フレアが叫んだ。

「出口よ！　ジーク‼」

「ああ、フレア！」

眩《まばゆ》い光に包まれて、俺たちは扉の外へと出た。

気が付くと、アクアリーテとエルフィウスも傍にいる。

「無事だったのね、ジーク、エルフィウス！」

「ああ！」

無事を確かめ合う俺たちだったが、目の前に広がる光景に思わず目を見開いた。

「ジーク！」

「これは……」

俺たちがいるのは広大な都市の上空だ。間違いない、あの時亀裂の先に見えた都市だ。

そこにある建物を見るだけで、それは明らかに俺たちとは違う文明によって築かれたものだと分かった。

地上にある宮殿の塔《とう》よりも遥かに高い建造物が立ち並んでいる。しかし、その多くは何者かに破壊され崩れかけていた。

それだけではない。

「ジーク見て‼　あれは‼」

「ああ、アクアリーテ……あの紋章は！」

眼下に見える都市の大地には巨大な五つの魔法陣が見える。

その魔法陣の中央にはそれぞれ形と色の違う紋章が描かれていた。

中央にはレディンと同じ闇の紋章。そしてそれを取り囲むかのように光、炎、水、雷の紋章が描かれている。

「これは一体どういうことだ？　何故、俺たちと同じ紋章がここに……」

俺は呆然とそれを眺めた。

地上に描かれた闇の紋章の中央には、禍々しい生き物が石化しているのが見える。

そしてそこから放たれる異様な瘴気にアクアリーテは身震いをした。

「一体あれは……おぞましい気配を感じるわ。あの石が凄まじい呪いを放っている」

その時、扉からジュリアンが現れる。

奴は微笑みながら俺たちを見つめていた。

「ふふ、獅子王ジーク、あの英雄紋の輝き。貴方たちは期待以上でした。感謝しますよ、これで私の望みは成就する」

俺とエルフィウスは身構えると奴に問う。

「ジュリアン！　一体お前の望みとは何だ！」

「何故、英雄紋がこの地に描かれているのだ⁉　答えろ‼」

ジュリアンは、俺たちの問いに目を細めると答える。

「いいでしょう。封印を破り、約束の地に辿り着いた貴方たちに敬意を表して教えて差し上げましょう。この古代都市ネセルティナから始まった忌まわしい世界の歴史をね」

ジュリアンがそう言うと、奴の額の賢者の石が強烈な光を放つ。

その瞬間、俺たちは先ほどとは別の場所に立っていた。

そこには今しがた眼下に見えた巨大な建物が立ち並んでいる。だが、それは壊されてはおらず整然《せいぜん》としていた。

アクアリーテとエルフィウスは身構える。

「どういうこと⁉」

「ここは一体！」

俺は周囲を見渡すと言った。

「これは恐らく過去のあの都市だ。俺は地下庭園でジュリアンと剣を交えた時、自分の過去を見せられた。奴の賢者の石の力でな」

「まさか……」

「これが過去にこの星に存在した都市だと言うのか？　そんな馬鹿な、あり得ない！」

アクアリーテやエルフィウスが困惑するのも当然だろう。

「なんて立派な街なの」

俺の中のフレアもそう呟くと言葉を失った。

目にした光景は、とても過去にあった文明とは思えないほど高度な技術を持っているように思えたからだ。

俺たちでは決して築くことが出来ないような高く巨大な建造物だけでも、この文明が明らかに俺たちのそれとはまったく別のものだと分かる。

整備《せいび》された道を走る乗り物は馬車などではなく、金属で作られた何かに見える。

そして、行き交う人々の服装も、今の時代とは全く異なる文化を感じさせた。

だが、文明が高度に見えれば見えるほど俺たちの中には疑問が生じる。

アクアリーテが呟く。

「何故なの？　これほど優れた文明が過去にあったとしたら、どうしてそれがあんな廃墟《はいきょ》になって地下に……何故滅んでしまったの？」

そうだ、これほど発達した技術があったのなら、何故あのように破壊され廃《すた》れた姿になったんだ。

それもこんな地下に隠されるように。

俺たちが見ている光景には太陽が映し出されている。

ということは、かつてこの都市は日の光が当たる場所にあったということだ。

その時、ジュリアンの声が辺りに響いた。

「貴方たちが見ているのは遥か数万年前の世界です。当時、文明は今とは比較にならないほど進んでおり、多くの都市国家がこの星に築かれていた。高度な科学と魔法を融合した魔法科学と呼ばれる技術がこれほどの文明を作り上げたのです」

「魔法科学ですって……」

アクアリーテの言葉にジュリアンが続ける。

「ええ、そうです。ですが愚かなことに次第に国々は争いを始め、この星の全てを支配するために多くの兵器が生み出された。その一つが魔神と呼ばれる生体兵器です」

「魔神……生体兵器だと？」

エルフィウスが呻く。

同時に俺たちの周囲の光景が変わり、多くの都市が巨大な化け物に蹂躙され焼き尽くされる様子が映し出される。

数多《あまた》の人々が命を失う様が見えた。

あまりにも悲惨《ひさん》な光景に、フレアが震える声で呟く。

「こんな……酷い」

残酷《ざんこく》な光景の中でジュリアンの声が響く。

「魔神の力は強大で、それを生み出した都市国家ネセルティナはこの星の全てを支配するに至った」

再びかつてのネセルティナの光景が辺りに広がる。

「かりそめの平和が訪れる中、古代人たちは不要となった魔神を始末することを計画しました。力を増していく魔神が、いつか自分たちの手に負《お》えない存在になるのを恐れたのです。そのために作り出されたものが、あの光、炎、水、雷、四つの紋章が描かれた魔法陣です。魔法陣は魔神を封じ、石化させた」

俺たちは扉を抜けた後、眼下に見た巨大な魔法陣を思い出して息を呑む。

その中央に封じられるようにして存在した石化した化け物は、先ほど見た魔神の姿に酷似している。

そのことが、ジュリアンが語ることが真実であることを暗示している。

「ところがその計画は、途中で失敗することとなった。四つの紋章に反応するかのように、石化した魔神の体から闇の紋章が出現し、そこから強烈な呪いが世界中に放たれたのです。その呪いによって、次々に人々は命を落としていきました」

再び辺りの光景が変わり、魔神の呪いによって死んでいく人々が映し出される。

体が黒く染まっていく人々の姿、次々ともがき苦しみながら死んでいく様子は魔神の呪いの凄まじさを感じさせた。

アクアリーテが思わず顔を背《そむ》ける。

「なんてことを」

ジュリアンは俺たちに告げる。

「ごく一部の者たちを残して殆どの人類はそこで死に絶《た》えた。生き残った者たちは、いつか封印を破り復活するであろう魔神を恐れ、別次元へと逃げることを計画し、それを実行したのです。そして、いつの日か魔神が自分たちを追ってくることを恐れ、この世界で自分たちの代わりに魔神と戦う者たちを生み出した」

それを聞いて俺たちはハッとする。

「魔神と戦う者たちだと？　まさか……」

俺はあの時ゼフォメルドが言った言葉を思い出す。

偽りの人の子。もしも俺たちが、地上に生きる者たちが、誰かによって意図的に生み出されたのだとしたら。

「ええ、彼らは魔神の呪いに耐性を持つ生き物たちを生み出し、その中から最も優れた者たちに英雄紋と呼ばれる紋章の力が宿るようにした。その紋章を持つ者は貴方たちだけではありません。この数万年の歴史の中で何度も現れた。そして彼らはいつの時代も命懸けで戦ったのです。魔神の復活を阻止《そし》するためにね」

衝撃の事実に俺たちは呆然とした。

「英雄紋が二千年前にすでに伝承に残っていたのはそれが理由か……」

「ええ、レディンは魔神によって選ばれた者の一人に過ぎません」

エルフィウスはよろめくと低い声で呟く。

「馬鹿な、俺たちが魔神と戦うために何者かに作られただと？」

ジュリアンはそれを見て愉快そうに笑う。

「ええ、下らないと思いませんか？　私たちが生きてきた世界自体が偽りだったのです。この星を捨て、逃げ去った我らの創造主を守るために作られたシステム。獅子王、貴方は許せますか？　……私は許せない」

ジュリアンの目からは笑みが消え、氷のように冷たい表情になっている。

「私は偽りの世界の全てを破壊する。そして、私たちを作り出した傲慢なる神を殺します。偽りではない本当の世界を作るためにね」

この男の目的がようやく分かった。

神殺し。それが奴の目的だ。

同時に、扉の中央にあったあの目の正体を悟った。

ジュリアンが言う傲慢なる神、それがあの瞳の主だ。

だとすれば、今でも俺たちのことをどこかで観察しているに違いない。

俺たちが使命を果たすかどうかを確かめるために。

ジュリアンは俺たちに言う。

「貴方たちは歴代の四英雄の中で最も強い力を持っている。だからこそ、この地に輝く紋章は今まで以上に力を増し、古代都市への封印が開かれた。魔神本体を滅するほどの力を持っていると封印が判断したのです。ですが、その光の紋章の力はこちらにも強く輝いている」

その言葉と共にジュリアンの賢者の石の輝きは消え、俺たちは現実の世界に戻されていた。

そして、石化した魔神に向かって何かが落ちていく。

俺たちが倒したゼフォメルドの首と体だ。

この地への封印が解けたのに乗じて、ジュリアンが自らと共にここへ運んだのだろう。

その手に輝く光と闇の紋章が、まだ奴に息があるのを証明していた。

ゼフォメルドの肉体は石化した魔神の上に落ちると、溶けるように魔神と一つになっていく。

間違いない、地下庭園で感じた気配の主はあの石化した魔神だ。

魔神ゼフォメルド、この姿こそが奴の本体なのだろう。

そしてすぐに、闇と光の紋章が石化した魔神の体に描かれる。

アクアリーテとエルフィウスが叫ぶ。

「ジーク！」

「魔神が‼」

「ああ、二人とも気を付けろ！」

石化していた魔神の体がゆっくりと動き出す。

そして、凄まじい力を放っていく。

「さあ、決着をつけましょう四英雄。この地で、全ての決着をね」

ジュリアンはそう言うと俺たちを見つめていた。

◇◆◇◆◇

一方その頃、ミネルバたちはルクディィナから真実を聞かされて驚愕を覚えていた。

「馬鹿な……この世界が何者かによって作り出されただと？」

ミネルバの言葉にルクディィナは答える。

「ええ、自らが生み出した過《あやま》ちである魔神を滅ぼすことが出来ず、辛《かろ》うじて封じることに成功した古代人たちは、数百年の年月と膨大な魔力を使い、自らの世界の上に新しい地上世界を作り上げたのです」

それを聞いてシルフィが目を見開いた。

「魔神を都市ごと地下に封じてその上に新しい世界を？　まさか……そんな話、とても信じられないわ」

レイアはオリビアの中にいるルクディィナに問う。

「それでは、その古代人たちが私たちの創造主だとでもいうのか？　それを私たちに信じろと？　それが本当ならまるで神の所業《しょぎょう》だ」

ほむらは静かにルクディナの黄金の瞳を見つめている。

「にわかには信じられない話だ。でも、嘘を言っているようには見えない。だとしたら、その古代人とやらはどこに行ったんだ。まさか、全員死んじまったのかい？　そこまでの労力をかけてそうだとしたら、間抜《まぬ》けな話じゃないか」

ほむらの言葉にルクディナは天を見上げると答えた。

「いいえ、彼らは生きています。古代人たちは新世界の創造と共に、箱舟《はこぶね》と呼ばれる計画を進めたのです」

ゼキレオスは思わず問い返す。

「箱舟だと？」

ルクディナは天を見上げたまま答えた。

「そうです。僅かに生き残った古代人たちは呪いの影響を受けた肉体を捨て、自らの精神を別の次元に送るためのゲートを作った。それが作られたのが月です。生き延びたとはいえ、地上では魔神の呪いが強すぎて生きてはいけない。彼らは全ての計画を月で練《ね》り上げた。そして、こちらの世界に、いずれ復活するであろう魔神を封じるシステムを作り上げた後、箱舟と呼ばれるゲートを使い異次元へと旅立った」

それを聞いてロザミアは憤《いきどお》る。

「馬鹿な！　それでは彼らは自らがしでかした過ちを私たちに押し付けたのか！　主殿や

ティアナたちはそのために命を懸けて戦っているというのに！！」

ロザミアの怒りに項垂れるルクディナ。

「魔神の呪いは肉体だけではなく、やがてその精神や魂にまで及び始めた。彼らにはこの地を捨てる以外、方法がなかったのです」

「勝手な言い分だわ……」

シルフィも怒りを抑えながらそう言った。

ルクディナは目を伏せる。

「ええ、分かっています。貴方たちの言う通りですわ」

そんな彼女にほむらが問いかける。

「だが、何故あんたがそれを知っている。まるで自分がその場にいて体験したかのように話すじゃないか」

二千年前の世界をよく知るシルフィとエルルも頷いた。

「そうよ、竜族だってそこまで長くは生きられないはずよ？」

「それに、彼女が言っていることが本当なら、その時はまだ今の地上すらなかったはずなんだから」

シルフィはルクディナを見つめる。

「エルルの言う通りだわ。ルクディナ、貴方は一体何者なの？」

ルクディナは、遠い日の記憶に思いを馳せるように目を閉じた。

「古代人の中にたった一人だけ、魔神の呪いの影響を受けなかった者がいるのです。彼女は箱舟の技術で精神体となった後も、この世界の行く末を見届けるために残りました。その中で彼女は器となる者の魂と一つになる術を編《あ》み出した。肉体を得ることで少しでも、この地に生まれた者たちの力になれるように」

その言葉にレイアは息を呑む。

「器となる者の魂と一つに……まさか」

「ええ、あの時貴方たちに使った術式です。ジュリアンが使う人魔錬成とは、その術式を使い、魂から無理やり力を奪い取るもの。私が生み出した術とは似て非なるものです」

その言葉に驚くミネルバたち。

「私が編み出した術だと？　ルクディナ……まさかあんたは」

「ええ、私は古代人の一人、そしてネセルティナの王女でした。私は王である父が許せなかった。犯した罪を償いもせずに自らは逃げ出し、この世界を生きる新たな命に全てを背負わせた。オリビアが羨《うらや》ましい。貴方のお父様はたとえ命を失ったとしても決して逃げ出したりはしないでしょうから。そしてジークたちも……」

ルクディナは、そう言って涙を流す。

そんな中、再び彼女は口を開いた。

そこから聞こえてきたのはオリビアの声だ。

「彼女は嘘は言っていないわ！　こうして一つになった私には分かるの。彼女は確かに古代人の一人かもしれない。でも、何万年という気が遠くなるような時を自分の罪を背負って生きてきた。彼女は敵じゃないわ」

ゼキレオスは娘の肩に手を置いた。

「リヴィ、そなたの言う通りだ。責めるべき相手は彼女ではあるまい」

彼の言葉にその場にいる皆は大きく頷いた。

「姫様……」

「オリビア様の仰ることを信じます。彼女はこの地に残った。責めるべきは自らの任を果たさず逃げたその国の王だ」

レイアとミネルバがそう言うと、ほむらがルクディナに尋ねる。

「ルクディナ、あんたの事情は分かった。それで、私たちがジークたちのもとに駆け付ける方法はあるのかい？」

その場にいる者は一斉にルクディナを見た。

ルクディナは皆を見つめ返すと、意を決したように答える。

「ええ、一度封印が破られた今なら。ただし、おそらくは生きては戻れない戦いになるでしょう」

ほむらは肩をすくめる。

「構わないさ」

ロザミアたちも大きく頷く。

「行こう！　主殿やティアナ、そして仲間のために」

「『私たちの世界のために！』」

ルクディィナはそんな彼らの姿を見て目を細める。

「私も行かなくてはなりません。二千年前、私はある者と約束をした。この日が来たら、ジークに渡してくれと預かっているものがあるのです」

「約束？　渡したいものって一体」

シルフィがそう尋ねる最中、ルクディィナの器となっていた巨大なディバインドラゴンが彼女のもとにやってくる。

一瞬、ミネルバたちは剣を抜いて警戒するが、ドラゴンの敵意のない様子に矛《ほこ》を収める。

ドラゴンはそっとルクディィナの頬に顔を寄せた。

その姿にルクディィナは再び涙を流す。

「最後まで一緒に、そう言ってくれるのね。ありがとう、行きましょう。私たちの最後の戦いに！」

そう言うとルクディナは天に向かって手を掲げる。

同時にその場に黄金の魔法陣が描かれた。

そこには失われた古代人の魔法文字が記されている。

「これは……」

シルフィは目を見開いた。

気が付くと、彼らの前には白く巨大な扉が現れていた。

そこには先ほどの扉にあった巨大な目は刻まれてはいない。ルクディナが作り出したものだからだろう。

ロザミアやミネルバたちは剣を構える。

「行こう！　みんな!!」

「ああ、ロザミア!!」

その時、ゆっくりと白い扉は開き、彼女たちをその中へと導いた。

◇　◆　◇　◆　◇

ジュリアンにこの星の過去の姿を見せられた俺たち。その目の前で今、石化した魔神が動き始めようとしていた。

その巨体は、先ほどまで戦っていた奴の姿よりも遥かに大きい。

周辺の巨大な建造物でさえも握りつぶせてしまえそうなほどのサイズだ。

エルフィウスが呻く。

「こんな化け物を生み出すなどと。あれほどの技術がありながらどうかしている！」

「ああ、エルフィウス」

この魔神も化け物だが、生み出した奴はそれ以上の化け物だ。

この星の全てを支配したいという邪悪な欲望の主が、こいつを生み出したとしか思えない。

封じなければ、星ごと滅んでいたのではと思わせるような霊力を感じる。

ジュリアンの目的はこいつを使った神殺しだろう。

古代人にとって致命的《ちめいてき》な呪いの力を持つこいつは、この世界から逃げ出した創造主たちからすればまさに天敵と言っていい存在だ。

もし逃げ延びた別次元にまでこいつが追ってきたら、死ぬしかない。

そのための防波堤《ぼうはてい》として作られたのが俺たちということだ。

「ふざけた話だな」

思わず口から出た言葉を聞いて、ジュリアンは笑みを浮かべる。

「ええ、貴方もそう思うでしょう？　どうです、手を組みませんか。偽りの神が作った世界を滅ぼし、私と貴方が新世界の神となる。貴方となら共に生きるのも悪くない」

女性のような美貌でそう語るジュリアンに、俺は答えた。

「悪いが断る。俺はこの世界が気に入ってるんだ。それに、神などに興味はない！」

「残念です、獅子王ジーク。ならばここで死んでください」

ジュリアンの言葉に反応するかのように、石化が解けつつある魔神が吼える。

エルフィウスが俺に叫んだ。

「ジーク！ まだ奴の石化は完全に解けてはいない‼ 倒すなら今だ！」

「ああ、エルフィウス‼」

エルフィウスが言うように、魔神の石化は上半身から徐々に解け始めている。

今ならばまだ、俺たちに勝機はあるかもしれない。

アクアリーテの髪が七色に輝き始める。

そして、その口からアクアリーテとウィンディーネ、二人の声が聞こえた。

「ジーク、エルフィウス！ 貴方たちに最大限の祝福を‼」

「あんな化け物に復活されたらたまらないわ！ 二人とも派手にやって頂戴‼」

「「ああ‼」」

俺とエルフィウスの体に強烈な加護が掛けられる。

精霊と一つになったアクアリーテの補助魔法は今まで以上に強力だ。

そして、俺の剣に刻まれた四つの紋章が地上に描かれた巨大な紋章と共鳴し、俺たちに更なる力を注ぎ込む。

「行くぞ！　エルフィウス‼」

「ああ、ジーク‼」

フレアの力が俺の剣に強烈な炎を纏わせる。

同時にオベルティアスの雷がエルフィウスの雷の力を増幅《ぞうふく》させた。

炎がフレアの形になって俺に言う。

「ジーク！　行きましょう！」

「フレア！」

俺たちは一気に魔神の巨体の懐に飛び込んだ。

そして、石化が解けつつある奴の体を切り裂く。

「グォオオオオオオオ！！！」

獣じみた声が辺りに鳴り響くと、その口から強力な霊力の塊が放たれた。

それはエネルギー弾になって古代都市の廃墟を次々と貫くと、地下世界の地面に着弾し巨大な穴を作り上げた。

周囲が炎に包まれる。

俺たちが見せられたかつての魔神による蹂躙の光景そのものだ。

もし、ここに人々が住んでいたらとんでもない数の犠牲者が出ただろう。

まだ肌の表面にひび割れた石がこびり付いている魔神の顔、そこにある目が俺を見ている。

俺はその目に見覚えがあった。

「くく、レディンという男の目を通じてお前を見ていたぞ。まだ乳飲み子《ちのみご》のお前の前で母親を殺した時もな」

「貴様……」

この目だ。

ジュリアンに見せられた過去の中で、星読みのオーウェンを殺し、そして俺の母を殺した。

二人を殺した男の黒い仮面の奥に見えた目と、こいつの目から感じるものは同じだ。

ゼフォメルドというのはレディンが作り出したもう一つの人格などではない。

地底深くからレディンの精神を侵食したこいつの意志そのものだ。

魔神は俺に言う。

「お前の父親はしぶとかったぞ。何度も俺のことを拒絶しようと試みた。だが、闇の紋章に選ばれた者はこの俺に逆らうことなど出来ん。愛する妻をその手で殺したと知った時の奴の顔は見ものだったぞ。それが奴を深い闇へと堕とした」

俺の母親を殺し、俺たちからアデラを奪った。

全ての元凶《げんきょう》が、今ここにいる！

激しい怒りが俺の感情を昂《たかぶ》らせた。

「おぉおおおおおおおお‼」

俺の紋章が強烈に輝くと、俺は奴目掛けて一直線に向かっていく。

奴の口から再びエネルギー弾が放たれるが、俺は手にした紋章が描かれた剣でそれを両断した。

目の前に奴の首が迫る。

その時、エルフィウスが叫んだ。

「いかん！　ジーク、罠《わな》だ‼」

「なに⁉」

直後、凄まじい速さで奴の右手が動く。

先ほどまで石化していたはずのその手には強い霊力が集められていた。

俺を怒らせ懐に飛び込ませたのはエルフィウスが言うように罠だ。先ほど口から吐き出したエネルギー弾を斬らせたのも。

そう悟った時には、俺はもう奴の右手が放ったエネルギー弾を食らっていた。

凄まじい衝撃が全身に走る。

地面にはエネルギー弾の着弾による巨大なクレーターが生まれ、俺はその中心部に打ち付けられている。

「「ジーク‼」」

アクアリーテとエルフィウスの悲痛な声が響いた。

俺は痛みを堪え必死に立ち上がる。

アクアリーテの加護と、束ねられた英雄紋の力がなければ確実に死んでいただろう。

「じ、ジーク……」

「……フレア」

俺の中のフレアの炎も弱まっている。

力を高めるために俺は手にした剣を強く握り締めた。

こちらを眺めながらジュリアンは笑う。

「偽りの世界のためにどうしてそこまで戦う必要があるのです？　もうボロボロではありませんか。そろそろ楽にして差し上げましょう」

アクアリーテは俺に回復魔法をかけ、エルフィウスと共に俺の前に立つ。

「させないわ！　そんなことさせない‼」

「この命に懸けてもジーク、お前を守る！」

「無駄です、貴方たちの要《かなめ》は彼なのですから。彼がその状態ではもう勝負は決まったも同然ですよ」

魔神の体に再び霊力が集まり始める。

先ほどのエネルギー弾よりも更に強い力がその手に宿っていく。ジュリアンが言う。

「これで終わりです。安心なさい、貴方たちが守ろうとする偽りの世界の者たちもすぐに後を追わせてあげましょう」

まだ、体に力が入らない。

俺たちはここで負けるのか。

そう思ったその時——

頭上に白い扉が現れると大きく開く。

「偽りの世界などではない！　私たちの世界だ！　大事な仲間がいる。大切な家族がいる、かけがえのない世界だ‼」

開かれた扉からはロザミアの声が聞こえた。

彼女は巨大な龍の背に乗っていた。

あのクリスタルの中に入っていた神龍の背に。

いや、ロザミアだけではない。ミネルバたちの姿も見える。恐らくはその中にいるはずのほむらたちも。

「「はぁあああああ！！！」」

彼女たちの霊力が高まっていくのを俺は感じた。

それは一つになって、オリビアのもとへと集まっていく。

いや、違う。

あれはオリビアじゃない。

その背には輝く翼が広がり、目は黄金の光を湛《たた》えていた。

彼女は皆の力と自らの力を集めて輝く光の玉を作り出す。

「我が名はルクディナ！　光帝レディンよ！　今、私は二千年前の約束を果たします‼」

彼女はそう叫ぶと手にした光を魔神に向かって放つ。

それは奴の傍で強烈な輝きを見せた。

俺は思わず呟く。

「光帝レディン……二千年前の約束？　一体どういうことだ」

彼女は自らをルクディナと名乗った。つまり、今オリビアの中にいるのはルクディナということか。

だが、レディンとの約束とは何だ。

白く輝く光は俺の目にも飛び込んでくる。その中で、俺は何者かの記憶を見た。

目の前に広がっていく光景は、二千年前のものだ。

周囲に見える人々の服装でそれが分かる。

その服装から、彼らはレディンが率いるベルスヴァイン王国の騎士たちに見える。

ベルスヴァイン王国は二千年前、俺が生まれた国だ。

強力な魔がはびこっていた当時、ベルスヴァインの国王であるレディンが率いる倒魔の軍と呼ばれる軍勢は人々の希望となっていた。

多くの倒魔人もそこに参加していたのを俺も知っている。

騎士の一人がこちらに向かって問いかける。

「レディン様、神龍ルクディナとの会談ですが如何《いかが》いたしましょう」

その言葉に、俺はこの記憶がレディンのものだと悟った。

レディンは騎士に向かって答える。

「ルクディナとの不可侵《ふかしん》の協定を延長《えんちょう》する。彼女もそれに異論はあるまい」

「はい、陛下。我らにはまだ戦うべき多くの敵がおります。それを考えれば、神龍と呼ばれる彼女と今、ことを構えるのは得策《とくさく》ではありませんから」

騎士の言葉にレディンは頷く。

レディンと神龍ルクディナとの会談……

アデラが命を失うことになったあの日、アデラに会いに行く道すがらエルフィウスが話していた。

少し前に魔神ゼフォメルドがディバインドラゴンの王国を滅ぼし、神龍ルクディナを倒したと。

そしてその時、レディンはルクディィナとの不可侵の協定を延長する会議のために、ディバインドラゴンの王国の近くに軍を駐留《ちゅうりゅう》させていたと聞いた。

間違いない、俺が見ているのはその時のレディンの記憶だ。

「ぐっ……」

レディンは突然呻くと額を押さえる。

「陛下！　どうなさったのです？」

「何でもない、少し頭痛がしただけだ。私は少し自分の天幕で休むことにしよう」

「それはいけません。良い治癒魔導士をお付けいたしましょう」

心配をする側近の騎士たちにレディンは答える。

「その必要はない。自分の体は自分が一番よく分かっている。朝までゆっくり休みたい、それまでは誰も私の天幕に近づけるな」

「は！　畏《かしこ》まりました陛下！」

騎士たちがそう言うと、レディンは駐留地にある自分の天幕へと入っていく。

そして、膝をついた。

「ぐぅう！！」

呻き声を上げて頭を押さえる。

だが、暫くすると立ち上がり、天幕に置かれた姿見を眺めた。

そこに映っているのは、髪が黒く染まったレディンの姿だ。

その目は邪悪な色に染まっている。

黒髪の男は鏡の中の自分に向かって語り掛ける。

「光帝レディン、しぶとい男だ。言ったはずだぞ、ディバインドラゴンの王国を滅ぼし神龍ルクディナを捕《と》らえよと」

鏡の中のレディンの髪の色が、黒からいつもの色へと戻る。

まるで一人の体の中で、二つの意志がせめぎ合っているかのように。

「こ、断る。今、彼らとの協定を破棄《はき》すればこの世界はより乱れていく。倒魔の軍を率いる者としてそれを見過ごすことは出来ん」

再び黒髪の男が鏡に映ると笑う。

「くくく、今更《いまさら》何を。馬鹿な男だ、自らの手で妻を殺した貴様はいずれ完全に闇に堕ちる。愚かな抵抗は無意味だ」

「だ、黙れ。妻を、エリーゼをよくも……」

鏡に映ったレディンの顔は怒りに満ちている。

俺は父親のそんな姿を初めて見た。

レディンを支配しようとしている黒髪の存在、ゼフォメルドが言う。

「息子を自分から遠ざけ、あのエルフの女が預かるように仕向けたのも貴様だったな。だが、無駄なことだ。もしあの女か貴様の息子に光の紋章が現れれば俺はそれを奪う。いずれにしても貴様の息子は地獄の苦しみを味わうことになるだろう」

「お、おのれ……」

レディンは再び膝をつき、黒髪の男の声だけが辺りに響く。

「まあいい、お前がやらぬのなら俺がやろう。この魔神ゼフォメルド様がな。くく、ふはは！」

魔神の笑い声が響く中、レディンの意識は途切《とぎ》れ、場面は移り変わる。

次に俺が見たのは、見たことがない城の中の巨大な玉座《ぎょくざ》の間だった。

そこには白く美しい巨龍がいた。

神龍ルクディナだ。

彼女は静かにこちらを見ている。

玉座の間の窓から見える光景は無残なもので、城壁は壊され多くのディバインドラゴンたちが犠牲になったのが分かる。

ルクディナは言う。

「魔神ゼフォメルドよ。私を殺したいなら殺しなさい」

その言葉にゼフォメルドは答える。

「ふふ、お前を殺すつもりはない。傲慢なる神どもの尻尾をようやくつかんだぞ。まさか、古代人どもの中に貴様のように俺の呪いが効かぬ者がいたとはな。お前には聞きたいことが幾つもある」

「無駄です、私は貴方に話すことなどない」

どういうことだ？

ルクディナは竜族ではないのか……

だが、奴が言うように、もし彼女が古代人だとしたら頷けることがある。

俺たちが創造主である彼らを害することが出来ないように作られているとしたら。

あの時のジュリアンの言葉――「貴方たちの奥底に刻まれた『もの』が私を、いいえ私の中にいる『彼女』を殺すことを許さないのです」――その意味が呑み込める気がした。

ゼフォメルドは玉座に座る巨龍に迫る。

「くく、ならば、無理やりにでも話してもらうとしよう」

その時、ルクディナの体から淡い光が溢れると、それがゼフォメルドの立っている場所に黄金の魔法陣を描く。

魔法陣からは巨大な鏡が幾つも現れ、ゼフォメルドを取り囲む。

「なに！　これは‼」

「これは真実の鏡。ゼフォメルド、貴方の力を封じてみせましょう」

「馬鹿な……おのれ小癪《こしゃく》な女め！」

ゼフォメルドの怒りに満ちた目が、次第に穏《おだ》やかになっていく。

そして、魔神の体が次第に人のそれへと戻っていった。

黒髪は元の色に戻り、そこに膝をついているのはレディンだ。

レディンは鏡に映った自分の姿を見て、ルクディナに問う。

「ルクディナよ、私に一体何をしたのだ……奴の気配を自分の体の中から全く感じない。こんなことは奴にとりつかれてから初めてのことだ」

彼女はレディンを見つめると口を開いた。

「真実の鏡は、その者の本当の姿を映し出す秘術。ですが、ゼフォメルドを封じておけるのは僅かな時間だけ。いずれ貴方は再びゼフォメルドに支配される。私は彼に捕らえられるわけにはいきません。貴方には悪いのですがここでお別れです」

そう口にするルクディナにレディンは叫んだ。

「待ってくれ、ルクディナ！　今、私はあの鏡の中で遠い未来を見た。二千年先の未来を‼」

レディンの言葉にルクディナは動きを止める。

そして、静かにこちらを見た。

「真実の鏡はその者の行く末を、未来を見せることがある。光帝レディン、貴方は一体何を見たのです？」

「息子が私のもとにやってくるのを見た。遥か二千年の時を越えて」

レディンは自分が見たことを全てルクディナに話した。

ルクディナは静かにレディンを見つめると問いかける。

「それを信じろと言うのですか？　未来は常に揺れ動く。もしも貴方の息子がやってこなかったとしたら？」

「ジークは必ずやってくる。私はそう信じている」

強い光を帯びたレディンの瞳に、ルクディナは暫く考え込むと頷いた。

「いいでしょう、貴方を信じましょう。来るかもしれないその未来に全てを懸けて」

ルクディナはレディンの体の中から淡い光を取り出した。

「これは貴方の魂の欠片《かけら》。貴方が見た未来に届けます」

「ああ、頼んだぞ。ルクディナ」

そう言うとレディンは再び黒髪の姿になり魔神と化していく。

この後、ルクディナはゼフォメルドに捕らえられたのだろう。

その時、俺は現実へと戻された。

奴のエネルギー弾の直撃を受け痛む体。そして、巨大な魔神の傍で光が輝いている。

ルクディナが叫ぶ。

「レディン！　貴方の息子は時を越えこの場所までやってきた！　目覚めなさい光帝レディン！　これが魔神を倒す最後のチャンスなのですから！！！」

俺を殺すため再び霊力を高めていた魔神の動きが止まっている。

「馬鹿な……レディン、貴様！　俺の邪魔をするな‼」

魔神の体をルクディナが放った淡い光が包んでいる。

そして、その光はレディンの姿をかたどっていった。

魔神の中にいるレディンが奴の動きを押しとどめている。

「ジーク、私を殺せ。私が奴の中でその動きを抑え込んでいる今のうちに」

「レディン‼」

それは俺が一度も見たことがない優しい父の顔だった。

その顔を見て躊躇《ためら》う俺の傍にアデラが現れる。

「やるんだ、ジーク。魔神の力を感じる。長くはもたないよ」

そんなアデラの姿を見てレディンは笑った。

「アデラ、息子が世話になったな」

アデラはレディンを見つめて微笑んだ。

「あんたは馬鹿な男だ。二千年の時を経て、こんな場所で死ぬために全てを懸けるなんてね」

そして涙を流す。

「やっぱり、あんたは変わってなかった。礼を言うのは私の方さ。ジークを……私に息子を与えてくれたんだから。私は幸せだったよ」

アデラの力が、アクアリーテやエルフィウスの力が、そしてここにいる全ての仲間たちの力が俺に宿っていく。

英雄紋が輝きを増し、手にした剣が強烈な光を帯びた。

俺はこちらに向かって手を広げるレディンを見つめる。

「レディン、あんたは大馬鹿野郎だ。俺がここに辿り着けなかったらどうするつもりだったんだ」

「来ると信じていた。お前は私の息子なんだから」

その目には一点の疑いもない。

俺の目から涙が溢れる。

「おぉおおおおおおおおお！！！」

俺は全てを懸けて魔神に向かっていった。

凄まじい一撃が魔神の肉体を貫く。

ゼフォメルドの叫びが辺りに響いた。

「馬鹿な！　おのれ！　この俺が、おのれぇぇぇぇぇぇ！！！」

断末魔の叫びを残し、魔神の巨体は塵と化していく。

魔神と共に消えていく光の中で、レディンの声が聞こえてきた。

「ジーク、強くなったな。誰よりも強く。お前は私の誇りだ」

ずっと父に疎《うと》まれていると思っていた。

俺は望まれて生まれてきた子ではないのだと。

だがそうではなかった。

魔神に必死に抗《あらが》う父の姿、そして身を挺《てい》して俺を庇《かば》った母。俺は両親に愛されて生まれてきたのだと知った。

「父さん……」

消えていく光に俺は手を伸ばしながら叫んだ。

「父さんぁあああん！！！」

幼かったあの日、俺は光帝と呼ばれる父に憧《あこが》れていた。

いつか父のような倒魔人になれることを願って、厳しい修業にも耐えたのだから。

レディンは眩い光となって天に昇っていく。

光帝と呼ばれた父に相応しい輝きに満ちて。

気が付くと、アクアリーテが地面に降り立った俺の手を握っている。

「ジーク……」

「ああ、アクアリーテ。終わったんだ、これで全て」

魔神の姿は完全に消え失《う》せ、地上に描かれていた闇の紋章の輝きは消えている。

それは俺たちの勝利を意味していた。

見上げると、ジュリアンの体もゆっくりと消滅を始めている。

ジュリアンはこちらを眺めながら言った。

「水の女神、貴方と同じように私も代償を払った。敗北した時は死を。傲慢なる神を倒すためにはその覚悟が必要でしたから」

そして、俺を見つめた。

「獅子王ジーク、愚かな真似をしましたね。たとえ魔神を倒したとしても、貴方が守った世界はどうせ滅びる運命なのです。腐りきった者たちを倒さぬ限り、この世界は……」

そう言いかけて彼は首を横に振った。

「いいえ、それさえも貴方たちなら。ふふ、もしもっと早く貴方に出会っていたのなら、私も姉上のように貴方たちと……」

「ジュリアン！」

白龍の背に乗っているオリビアが、ジュリアンに向かって叫ぶ。

だが、その時にはもうジュリアンの姿は塵となり消え去っていた。

涙を流す娘の体をそっと抱き寄せるゼキレオス王の姿を俺は見た。

彼らを乗せてやってきた白い大きな龍は、少し離れた場所に着地すると仲間たちが一斉に俺に向かって駆けてくる。

いの一番に飛んできたのはロザミアだ。

「主殿！　主殿！　主殿ぉおおおお！！！」

そう言って俺に抱き着く。

中にいるシルフィは少し困惑気味だ。

「まったくロザミアったら」

俺の傍に集まる仲間たち。彼らは互いに勝利を祝う。

だが、その時、地上に描かれた英雄紋が強く輝くと足元に魔法陣が描かれる。

「これは！」

思わず目を見開いた時、俺たちはその場から姿を消した。

6　この美しい星に

気が付くと俺たちは、巨大な建物の中に立っていた。

「ここは……」

仲間たちも突然の出来事に呆然としている。

周囲を見渡すと、そこには不思議な術式が刻まれたゲートが置かれていた。

だが、俺たちを驚愕させたのはそのゲートではない。

頭上に広がる光景だ。

俺たちが立っている建物は半球状の透明な天井で覆われており、そこからは上空が見える。

「ジーク！　これは……」

「何だ、この光景は!?」

アクアリーテとエルフィウスが思わず声を上げた。

「主殿！　星が……」

ロザミアもその場に呆然と立ち尽くしながら上を見上げている。

「ああ、ロザミア」

彼女が言うように、透明な材質で作られた半球状の天井からは星々が見えた。

ミネルバとレイアも動揺した声を上げる。

「ここは地上か？　しかし、こんな建物は見たことがない」

「それに、あれは一体何だ……」

彼女たちの中にいるほむらやエルルも、そこにあるものから目が離せない様子で呟く。

「綺麗だね！　こんな光景を見るのは初めてだ」

「なんて美しいの。青い宝石のようだわ」

ここからとても大きく見えるのは青く美しい星だ。

その輝きが俺たちを魅了《みりょう》する。

あの星が何かは分からない。

だが、不思議なことによく知っている場所のように思えた。

俺たちにとってとても大切な場所のように。

「まさか、ここは……」

オリビアの姿をしたルクディナがそう呟くのを聞いて、俺は尋ねた。

「ルクディナ、ここがどこだかお前は知っているのか？」

俺の問いに彼女は頷く。

「ええ、ジーク。ここは月です」

「なに！」

ルクディナから告げられた驚愕の事実に、アクアリーテとエルフィウスも声を上げた。

「月ですって⁉」

「どうして俺たちが月に！」

一同が驚きに包まれていく中、シルフィが呟いた。

「まさか、箱舟……」

俺はシルフィに問い返す。

「箱舟だと？　シルフィ、どういうことだ」

ロザミアの中にいるシルフィは、頷くと俺に答える。

「ええ、ジーク。私たちはルクディナから箱舟というシステムが月にあると聞いていたの。もしここが月だとしたら……ねえ、ルクディナ！」

ルクディナは彼女の問いに首を縦に振る。

「そうです、ここは月です。箱舟の計画を進めた時に使われた施設だわ。生き残った古代人はあのゲートを通って異次元へと旅立ったのです」

俺やアクアリーテたちは、ルクディナから箱舟について説明を受ける。そして、彼女がネセルティナの王女であったことも。

それを聞いて、俺たちは施設に置かれたゲートを改めて眺めた。

「あのゲートを使って別の世界へ」

「古代人たちはまだ生きているのか？」

アクアリーテとエルフィウスの疑問にルクディナはゲートを調べると答えた。

「ええ、恐らくは。僅かに生き延びた古代人が箱舟の計画を実行する中で、魔神の呪いを色濃く受けた肉体を捨て精神体になる技術を生み出した。私が生きているように、彼らも……」

俺はルクディナに言った。

「生きている。少なくとも、俺たちを監視していたあの目の主はな」

「ジーク……」

ルクディナは目を伏せる。

あの扉に刻まれた目は只の彫刻などではなかった。こちらを見る目には明らかに何者かの意志を感じた。

そいつは生きている。

そして、ここから何らかのシステムを通じて俺たちを監視していたはずだ。

そんな中、ロザミアは無邪気に星を眺めていた。

「主殿、綺麗だ……ここが月だということはあれが私たちの星なのだな」

「ああ、ロザミア」

「なんと美しい星なのだ。私たちはあそこに生まれたのだな。何だかとても誇らしく思える、私たちの星を守ることが出来て良かった」

涙ぐむロザミアの肩に俺は手を置いた。

皆同じ思いでそこから見える青い星を見つめている。

「そうだな、ロザミア。お前の言う通りだ」

だが……本当にこれで終わったのか？　俺の中に疑問が生じていた。

フレアも同じ考えなのか、呟くように言った。

「ねえ、ジーク。あの時の目がもし古代人の誰かのものだとしたら」

「ああ」

古代都市ネセルティナへの封印である扉が開き、俺とフレアがあの中にいた時に現れたあの目は、俺たちに言った。

使命を果たせと。

そして、魔神を倒した俺たちは今、何者かの手によって月へと送られた。

ジュリアンが最後に残した言葉のこともある。

その時、俺は、強大なエネルギーを発するものが箱舟と呼ばれるゲートを通じてこちらにやってくるのを感じた。

「アクアリーテ、エルフィウス‼」

俺は二人に声をかける。

「ええ、ジーク！」

「何か来るぞ‼」

その言葉に、皆一斉に装置の方を見ると身構えた。

強烈な光が辺りを照らし出すと三人の男が箱舟から現れる。

真ん中に立つ男は、背が高く大柄で強い威圧感を覚えさせる。

横に立つ二人は、その男に仕える者のように見えた。

いずれも豪華な衣装《いしょう》を身に纏っているが、彼らが肉体を持たず、エネルギー体のような存在であることが周囲に放たれる揺らめくオーラで分かる。

中央の男はこちらを見ている。

その目を見てフレアが言った。

「ジーク……あの男よ」

「ああ、フレア」

そうだ、あの扉の目はこの男の目だ。

俺はそう確信した。

男はルクディナに声をかける。

「随分姿が変わったが、お前だとすぐに分かったぞ、ルクディィナ。どうやら、この者たちが魔神を倒したようだな」

満足げにそう語る男を、ルクディィナは怒りに満ちた眼差しで見つめる。

「お父様！　どうして今更！　何故今になってやってきたのです‼」

この男はルクディィナの父親か。

娘の言葉を聞いて古代人の王は嘲笑う。

「相変わらず愚かな娘だ。この星は美しい。それを取り戻すためにこの虫けらどもを作ったのではないか。まさか、これほどまでに時間がかかろうとは思わなかったがな」

そう言って奴は美しく輝く青い星を眺めた。

そして、傲慢な眼差しで俺たちを見る。

そう、まるで取るに足らないものでも眺めるように。

ロザミアやレイアが怒りの声を上げた。

「虫けらだと！！！」

「ふざけるな‼」

彼女たちだけではなく、皆一様に怒りを込めて奴を睨んだ。

ルクディィナが険《けわ》しい声で叫ぶ。

「お父様！　許さないわ……命を懸けて戦った彼らによくもそんなことを！　この世界は

もう彼らのものです。罪を犯した私たちの代わりに命懸けで魔神を倒したのは彼らではありませんか‼」

「ふふ、ふはは！　馬鹿を言うな、ルクディナ。見よ、あの美しい青い輝きを。あれは我らのものだ、誰にも渡したりはせん」

ルクディナは父の言葉に涙を流す。

「お父様、貴方は恥知らずです。私は数万年の時の中で、私たちの罪を代わりに背負って生きてきた者たちの姿を見てきた。彼らは私たちが生み出した子供たちです。私は許さない！　彼らからあの星を取り上げるなど、決して許しはしない‼」

オリビアの姿をしたルクディナの体から、強大な力が湧き上がっていく。

それを見て王の側近たちが笑い声を上げる。

「相変わらずですな、姫は。虫けらに役割以上の意味などないというのに」

「我らの子だなどと汚《けが》らわしい」

その言葉に古代人の王は笑みを浮かべると、ルクディナに話しかける。しかしその目は何故か俺の方を見ていた。

「その通りだ。ルクディナ、お前は知らぬだろうが、あの魔法陣には魔神を封じる以外にも細工をしてある。魔神を倒した者たちがここに送り込まれ、そして偉大《いだい》なる王である我の器となるための仕掛けがな。英雄紋を持つ小僧、お前は我の器に相応しい」

そう言って俺に精神体である奴が入ってくる。

同時に側近たちもエルフィウスとアクアリーテに入っていった。

それを見てルクディナが叫ぶ。

「やめて！　お父様‼」

俺の口から奴の声で言葉が放たれる。

「くく、この星は再び我らのものとなる。不要な虫けらどもは始末してな」

ここにいる皆は、奴の意志により俺の顔が邪悪に歪むのを見ただろう。

「主殿！」

「レオン‼」

「気を付けろ！　奴らがレオンたちの中に入っているぞ！！」

ロザミアやミネルバたちが剣を抜いて構えた。

俺の体に入った古代人の王は彼女たちに言った。

「愚か者が、無駄な真似はやめておけ。くく、凄まじい力を感じるぞ。これが魔神を倒した者の力か？　これはいい！　この体で再び、あの星に戻り全てを支配する。美しいあの星の何もかもをな」

奴の醜《みにく》い支配欲を感じる。

この男たちの際限《さいげん》のない欲望が魔神を生んだ元凶なのだと、俺に確信させた。

そんな中、フレアが炎となって俺の周囲に渦巻く。それは可憐な鬼の娘の姿になって俺の中の古代人の王を見つめる。

そして冷たい目で言い放った。

「馬鹿ね。そんな魂でレオンの魂を縛れるわけがないのに」

その瞬間、奴の顔が苦しげに歪むのを皆は見ただろう。

俺の口からは奴の絶叫が響き渡る。

「ぐっ！　ぐぉおおおおおお‼　馬鹿な！　こんな馬鹿な！！！」

奴の精神体は俺の体から離れると一気に燃え上がる。

同様に、エルフィウスの中に入った奴の側近は凄まじい雷撃に打たれ、アクアリーテの中に入った者は凍り付いて砕け散った。

燃え上がりながら古代人の王は断末魔の声を上げる。

「何故だ、術式は完璧《かんぺき》だったはずだ……それに貴様らは創造主である我らを殺すことが出来ぬはずだ！　そう作ったのだからな」

そんな父親をルクディィナは悲しそうに見つめる。

「愚かなのは、お父様です。魔神との死闘の中で、彼らの魂は互いに強く結びつき私たちの想像以上に強くなった。お父様が器にするにはあまりにも強すぎるほどに」

「ルクディィナ……助けてくれ……死にたくない」

古代人の王は惨めな声を上げて娘の足にしがみつく。

ルクディナは悲しげな目をしてそれを振り払った。

そして、青く美しい星を見上げる。

「彼らのお陰でもう魔神の呪いを心配する必要もなくなった。せめて、ここからひっそりと故郷の星を懐かしむぐらいであれば、こんなことにはならなかったでしょうに」

彼女はそう言って燃え尽きる父親を見つめる。

俺はそんな彼女に言った。

「すまない。だが、許すことの出来ない相手だ。この男たちのせいでどれほどの命が失われたか」

新たな地上に生まれた者たちだけではない。ジュリアンに見せられた数万年前の世界でも多くの人々の命が奪われている。

死ななくてもいい命が、奴と、奴と同じような醜い欲望を持つ者たちによって。

俺の言葉にルクディナは頷く。

そして微笑んだ。

「ありがとうジーク。貴方がやっていなければ私がやっていました」

そしてルクディナは先ほど高めた力で箱舟と呼ばれるゲートを壊した。

彼女はこちらに振り返ると俺たちに言った。

「もうこれは必要ありません。あの星は貴方たちの星なのですから」

「ああ、ルクディナ」

皆は大きく頷いた。

家族が、仲間たちが生きるかけがえのない場所。俺はもう一度、あの美しい星を見上げた。

そんな中、ロザミアがシュンとした声で言う。

「主殿、私たちは帰れるのだろうか？　もちろん全てを懸けて戦ったことに悔いはない。だが、やはり主殿に私の握ったおむすびを食べて欲しかったのだ」

そう言ってしょんぼりするロザミアを見て、俺とアクアリーテは顔を見合わせて笑った。

「ロザミアさんったら」

「はは、ロザミアはこんな時も食べることばかりだな」

「むぅ！　こんなに頑張ったのだ‼　いっぱい食べてもバチは当たらない」

むくれるロザミアに俺は笑った。

「あはは、そりゃそうだ」

だが、そうか。俺たちはここから帰れないのかもしれないな。

ここまで一緒に戦ってくれた皆に詫《わ》びる。

「悪かったなみんな。まさか月にまで付き合わせちまうとは思わなかった」

ほむらは肩をすくめて言う。

「まあ、いいってことさ。それで、ルクディィナ。帰る方法はあるのかい？」

俺たちは一斉にルクディィナを眺めた。

彼女は微笑むと俺たちに答える。

「ええ、大丈夫です。ここは地上から来るための転移装置を備《そな》えていますから。箱舟が動いていたということは動力も生きているはずです」

そう言うと、彼女は暫く建物の中で作業をすると俺たちを呼んだ。

「行けそうです。皆さん、準備はいいですか？」

彼女の言葉に促され、俺たちは地上への転移装置の中に入る。

その時、オリビアの体から淡い光が溢れると、それは装置の外へと出ていく。

「ルクディィナ！　どうして？」

気が付くとオリビアの背から翼が消え、いつもの瞳の色になっている。

装置の外に立っているのはとても美しい一人の女性だった。

周囲に漂うオーラが、彼女が精神体だということを俺たちに教えてくれる。

「オリビア、私はここに残ります。もう地上に偽りの神はいりません。これから先の貴方たちの未来は貴方たち自身で築いていくべきなのですから。私はここでいつまでも見守っています」

「駄目よ！　そんなの駄目‼」

　オリビアは涙を流す。

　同じ王女として、その責務ゆえの悲しみや苦しみを共感した二人にしか分からないこともあるのだろう。

　装置のボタンは外と中、両方についている。

　外の壁につけられたボタンを押そうとするルクディナに俺は言った。

「そのボタンに触れたら、この装置はぶっ壊すぜ。そしたら俺たちも帰れない」

　俺の言葉にルクディナは驚いたように目を見開く。

「ジーク……」

「あんたは偽りの神なんかじゃない。地上で共に生きてきた俺たちの仲間だ。ここまで来て仲間を見捨てて帰ったら、俺は一生みんなに責められることになる。そいつは勘弁して欲しいからな」

　俺の言葉にアクアリーテも、エルフィウスも、そしてそこにいる皆も笑う。

　ルクディナは涙を流しながら俺たちに言った。

「いいのですか？　私も一緒に行っても」

「ああ、じゃなきゃ帰らないって言ってるんだ」

　ルクディナは顔を上げて俺を見つめると微笑んだ。

「獅子王ジーク、貴方は馬鹿な男です。オリビアが好きになるのも分かるわ」

「ちょ！　ルクディィナ！　余計なことは言わないで‼」

慌てるオリビアの中にルクディィナは悪戯《いたずら》っぽく笑いながら再び入る。

それを見て俺は言った。

「さあ！　帰ろう、俺たちのあの星に‼　チビ助やみんなが待ってるぜ」

「ええ、ジーク！」

アクアリーテが俺の隣で微笑んでいる。

大きく頷く皆の顔を見て、俺は装置のボタンを押した。

◇　◆　◇　◆　◇

それから半年後、俺たちはアルファリシアの都で、とあるものを作るために奮闘《ふんとう》していた。

「なあ、レオン！　こっちの木は何に使うんだ？」

キールが大きな材木の傍で俺に尋ねる。

俺が答える前に、レナが腰に手を当てて胸を張る。

「馬鹿ねキール！　それは、こっちの柱に使うってさっきレオンが言ってたでしょ。もう、何も聞いてないんだから」

「へへ、悪い悪い。だってさ、こんなにいっぱい材料があるんだぜ」

キールの言葉通り、俺たちが住む街はずれの教会の庭には沢山の材木が積み上げられていた。

リーアとミーアが材木の山の傍で嬉しそうに駆け回る。

「凄いのです！　ゴーレムさん大活躍です‼」

「力持ちなのです！」

アースゴーレムのロックが、大きな材木をまた一つ運んできてそこに加える。

「ゴモ！　ゴモー‼」

チビ助たちに褒《ほ》められて嬉しそうに照れた様子のロックを見て、シルフィがため息をつく。

「ロックは気楽なものね。こっちは危《あや》うく死にかけたっていうのに」

「はは、そう言うなって」

「ロックは高位精霊だが、あまり戦闘向きじゃないからな」

まあ、普通の相手ならそうそうロックに勝てる奴はいないと思うが、この間みたいな戦いはまた別だからな。

その代わり、こんな力仕事の時は頼りになる。

「ちょっと何よ、それじゃあまるで私やフレアが戦闘狂みたいじゃない。ミネルバじゃあるまいし！」

不服《ふふく》そうなシルフィにロックが困ったように頭を掻く。

「はは……ミネルバが聞いたら怒るぞ」

一度はロザミアと一つになったシルフィだったが、今では必要がない時は慣れた様子でそれぞれの姿に分かれることが出来るようになった。

ルクディナから教わった古代の魔術を色々と応用させてもらったからな。

何しろ二人一緒だとうるさくてかなわない。

あの時はあれほど息が合っているように見えた二人も、帰ってきたら相変わらず些細《ささい》なことで口喧嘩をしてたからな。

まあ、喧嘩するほど仲がいいとは言うけどな。

今は狼の姿で、俺の傍にいるというわけだ。

かく言う俺も、ジークではなくレオンの姿で暮らしている。

チビ助たちにもこちらの方がなじみがあるからな。

アクアリーテもティアナとして過ごしていた。

ロザミアはというと、アスカが始めるヤマト料理の店の準備のために、ティアナと一緒に出掛けている。

戻ってきてからはすっかり料理にはまっているようで、ティアナとアスカに教わるのが楽しくてしょうがない様子だ。

「この半年、本当に大変だったわよね」

「ああ、シルフィ」

アクアリーテが張った結界のお陰で、地上の世界への被害は最小限で済んだ。

それでも、この半年は本当に大変だったからな。

都の建物もかなり崩れてしまったものがあり、家を失った者も多かった。

つい最近までは、都の中や外に作られた避難民のキャンプで、天幕で生活する者たちも数多くいたからな。

都の復興《ふっこう》のために、国王のゼキレオスはオリビアやクラウスと共にまさに獅子《し》奮迅《しふんじん》の活躍だった。

その力になったのが、大商会であるジェファーレント商会を仕切っている伯爵夫人フローラと娘のエレナだ。

王家と共に惜しみなく私財を投じて都の復興に努《つと》めるその姿は、更にその名声を高めて結局は商会を以前よりも大きなものにした。

流石、フローラといったところか。大したもんだ。

お陰で、都は僅か半年で復興して今では避難民もいない。

復興の仕事があったことで、以前よりも人が増えたぐらいだ。

まあ、人が増えれば色々と揉《も》めごとはあるようだが、治安についてはミネルバだけではなくエルフィウスがいるからな。

シリウスの姿に戻ったあいつが、しっかりと黄金騎士団を束ねてセーラと共に都の治安を守っている。

シルフィが俺に尋ねる。

「ねえ、フレアはどうしたの？」

「ああ、銀竜騎士団でミネルバを手伝ってるみたいだぞ。何しろ、ミネルバはほむらと気が合っちまって、ルクディナの術を応用出来るようになってもいつも一心同体だからな」

「そういえばそうね。確かに、ほむらとミネルバってどこか似てるわよね」

「はは、まあな」

確かに、男勝《おとこまさ》りで豪快な性格がよく似ている。

相性もいいようで、一緒でいることが苦にならない様子だ。

寧《むし》ろミネルバは、ほむらからヤマトの武術を教わるのが楽しくて仕方ないらしく、はむらを閉口《へいこう》させるぐらいの勢いだ。

流石戦闘狂である。

アルファリシア王家がレディンの血を引く四英雄の末裔《まつえい》であることを知り、俄然《がぜん》やる気も増したようだ。

そもそも俺やアクアリーテ、それにエルフィウスには子供はいないからな。

王家が四英雄の血を受け継いでいるとしたら、俺以外にも王子がいたレディンの血筋なのだろう。

ミネルバは王家の血を引く公爵家の娘である。となると、言ってみれば彼女は俺とも遠い親戚《しんせき》のようなものだ。

「ミネルバとほむらか。そのうちフレアだけじゃなくて俺も特訓に駆り出されそうだな」

しかしミネルバの奴、あれ以上強くなってどうするつもりだ？

自分より強い男にしか興味がないって言っていたが、余計に敷居《しきい》が高くなりそうだ。

シルフィは目を細める。

「良かったわね、フレア」

「ああ」

ほむらの右手をしっかりと握って嬉しそうにしているフレアを見ると、俺たちも楽しい気分になる。

「フレアが騎士団に入るなんて言い出したらどうするの？　レオン」

「まあ、それも悪くないさ。あの母娘で一緒に薙刀を振るう姿を見たら敵も逃げ出すだろうぜ。平和になるってもんだ」

「ふふ、そうね！」

　俺はシルフィに尋ねた。

「そういえば、エルルはどうしたんだ？」

「ああ、エルルならレイアと一緒よ。狼の姿には戻ってるんだけど、レイアと一緒に剣聖道場を始めたんだって。貴方も知ってるでしょ？」

「そうか、あのレイアが子供たちに囲まれてるなんて、ちょっと想像つかないけどな」

　あの後、レイアは今回のことで親を亡くした子供たちを集めて育てている。

　銀竜騎士団の副長は続けているのだが、ミネルバの計《はか》らいでそちらの仕事よりも道場を優先することが認められていた。

　こんな時、父親である剣聖ロゼルタークが生きていたらどうするのかを考えて出した結論だと聞いた。

　ゼキレオス王からの許しも得て、国からも手伝いの人員が数多く道場に関わっている。

「エルルも狼の姿になって子供たちと遊ぶのが大好きだから、すっかり気に入っちゃって。でも、一番喜んで抱き着いてくるのはレイアだって少し呆れてたわよ」

「はは、ああ見えて動物好きだからなレイアは」

　もふもふに目がない剣聖の娘は、父の後ろ姿を追いながら新たな居場所を見つけたようだ。

レイアなら立派にこなすだろう。

「さてと、そろそろ続きを始めるか」

俺が立ち上がるとチビ助たちが嬉しそうに駆け寄ってくる。

レナが目を輝かせて言った。

「ねえ、レオン！　ティアナお姉ちゃんが帰ってくるまでに完成するかな？」

キールも金づちを片手に腕を回す。

「姉ちゃんをびっくりさせたいもんな！」

リーアとミーアも嬉しそうに耳をぴんと立てて尻尾を振りながら俺を見上げる。

「お姉ちゃんをびっくりさせるです！」

「楽しみなのです！」

俺はチビ助たちに頷いた。

「ああ、やるぞ‼」

「うん！　ジーク」

「やるぞ～」

「「お～！！！」」

俺が右手を出すと、子供たちは一斉に俺の手の上に右手を重ねる。

「ゴモ！　ゴモー」

ロックも大きな手を差し出してシルフィを見る。

「もう！　分かったわよロックってば」

シルフィはため息をついて、狼姿で右手を重ねた。

皆の意見が一致したところで俺たちは、大工仕事を再開した。

◇　◆　◇　◆　◇

一方その頃、オープンの日を数日後に控えるアスカのヤマト料理の店では、ティアナとロザミアが厨房《ちゅうぼう》で張り切っていた。

「なあ、ティアナ！　これはどうしたらいいのだ？」

「ええ、ロザミアさん。このお醤油《しょうゆ》で味付けしてください。後はお砂糖《さとう》やみりんも加えてくださいね。分量は今から教えますから」

そう言ってティアナはお手本を見せる。

「こうやって牛肉やきのこ、そしてお野菜を甘辛く煮込《にこ》むんです。すき焼きっていう料理だそうですよ。ヤマトの伝統料理の一つだそうです」

「ふむ～！　美味しそうなのだ‼」

覗き込むように鍋《なべ》の中を見ているロザミアを眺めながら、アスカとティアナは顔を見合わせて笑った。

アスカが笑顔のままで言う。

「ロザミアさん！　少し味見をしてみますか？」

「いいのか！」

「はい、今日は奥様やエレナ様も来てくださっていますから、ぜひ一緒に味見をしてみてください」

厨房から見える店のテーブルにはフローラとエレナの姿が見える。

ロザミアは嬉しそうにそちらに駆けていくと、ちゃっかりとエレナの隣に座る。

暫くすると、炊き立てほかほかのご飯と一緒に、出来上がったすき焼きが卓上に置かれる。

ティアナとアスカはロザミアたちに言う。

「さあ、ロザミアさん召《め》し上がれ」

「奥様とお嬢様もどうぞ！」

ロザミアはうっとりとそれを眺めた。

「う～ん、美味しそうなのだ！」

「本当ですね！　ねえ、お母様」

「そうね、エレナ。さあ、試食してみましょう！」

美味しそうな湯気《ゆげ》が立ち上る鍋から、アスカはそれぞれの取り皿にすき焼きをよそうと、三人の前に置く。

ごくりと唾を飲み込んだロザミアがまずは先陣《せんじん》を切った。

箸《はし》でとろりと煮込まれた牛肉をつまむと大きな口でぱくりとそれを食べる。

「んむ～！！！」

ロザミアは大きく翼を広げて、パタパタとさせる。

「美味しいのだぁ！　お肉はとろりと柔《やわ》らかくてこの甘辛い味付けがぴったりなのだ」

それを見て、フローラとエレナもコホンと咳払《せきばら》いをして箸を伸ばす。

そして一口食べると頬を上気《じょうき》させた。

「これは……」

「美味しいわ！　素朴《そぼく》なのに宮廷《きゅうてい》の料理にも負けない味わいがある」

エレナの言葉にロザミアは大きく頷くと、白いご飯も一緒にパクリと食べた。

「それにヤマトの料理はつやつやのご飯と一緒に食べると最高なのだ！　料理だけの時よりずっと美味しくなる‼　まるで魔法の料理なのだ！」

「ふふ、ロザミアさんたら」

「アルフレッド殿下にも食べてもらいたいのだ。今、どこを旅しているのだろう」

翼人の王子アルフレッドは、今旅に出ている。

時折送られてくる手紙は、ロザミアにとっては宝物だ。

「そうですね、ロザミアさん。でも、きっとすぐまた会えますよ！」

「うむ！　ティアナ。その時までに私も作れるようにならねばな。こんなに美味しい料理なのだから。他にもいっぱい覚えたい！」

料理を絶賛《ぜっさん》されて嬉しそうなアスカ。フローラが太鼓判《たいこばん》を押す。

「鰻のヤマト焼と一緒に新しいお店の看板料理になりそうね！　アスカ、期待してるわよ。これからは時々宮廷に出向いて陛下にもお出しすることになるのだから」

「はい！　奥様‼」

そう答えた後、アスカは少ししょんぼりとした。

「でも、陛下は都の復興が終わったらご退位されると聞きました。とてもご立派な王様であられるのに」

フローラはアスカを見つめるとその肩に手を置いた。

「ご立派な方だからこそよ。今回の事件にジュリアン様が関係をしていた以上、誰かが責任を取らなくてはならない。それを父親である陛下がなされたの。もちろん復興が終わり、皆の暮らしが成り立つようになってからね」

ゼキレオス王は、今回の事件の真実を世に公開した。

月に現れた巨大な目を見た人々の驚愕と恐怖を抑えるには、それしか方法がなかったからだ。

恐怖の元凶が取り去られたのだと民が知らなければ、元の日常は二度と戻らない。

「魔神の存在、そして伝説の四英雄が現れ魔神を倒したということも。王家が四英雄の血筋だということも全て明らかにされたわ。ジュリアン様のこともね」

フローラの言葉にエレナも頷く。

「陛下は民にお詫びされると共に、この半年、クラウス様やオリビア様と一緒に復興に尽《じん》力《りょく》されました。民は誰も陛下を責めてはいない。もし、陛下たちや四英雄の皆様がいなければ今頃私たちは皆、死んでいたのだから」

エレナはあの日、赤い月に現れた巨大な目を思い出して背筋を震わせた。

フローラは頷くとアスカに言った。

「陛下がご退位された後はクラウス様が国王となられます。でも、ゼキレオス様はきっと貴方の料理を楽しみにされていると思うわ。お出しするお方が国王陛下でなくなってしまうのは残念かしら？」

アスカは首を大きく横に振った。

「いいえ、いいえ奥様！　真心を込めてお作りします。私にとってゼキレオス様はいつまでも素晴らしい王様ですから！」

彼女の言葉にフローラは笑みを浮かべながら頷いた。

「アスカ、そんな貴方だからこそ店を任せたくなったのです」

「奥様……」

アスカは涙ぐみながら、フローラに問う。

「でも、奥様。四英雄とはどのような方々だったのでしょう。この国の窮地《きゅうち》に現れ魔神を倒すと再び旅立たれたと聞きましたが。二千年前の方々が生きておられるなんて、驚きましたもの。四英雄にお詳《くわ》しいジェフリー様にこの間少しお伺《うかが》いしたのですが、何故かレオン様のことを熱弁されてしまって」

レオンや国王から詳しい事情を聞かされているフローラとエレナは思わず咳払いをする。

「そ、それは……」

「どうしてでしょうね、お母様。嫌ですわ、ジェフリー様ったら」

ロザミアがモグモグとすき焼きを食べながらアスカに言う。

「四英雄ならそこにいるではないか？」

そう言ってティアナを指さすロザミア。それを見てアスカの目が点になる。

「え！　ちょ、ちょっと待ってください！　ティアナさんが四英雄ってどういうことですか⁉」

「アスカは知らなかったのか？　主殿が獅子王ジークで、ティアナが水の女神アクアリーテなのだぞ」

「え‼　えええええ！！？」

アスカは目を白黒させてティアナを見つめる。

それを見てフローラとエレナは頭を抱《かか》えた。

「ああ……レオン様や陛下に口止めされていたのに」

「ロザミア様ったら」

ロザミアは不服そうに答える。

「いいではないか、アスカは私たちの親友だ。誰にも言ったりしないよな」

アスカは親友と言われて目を輝かす。

「は、はい！　もちろんです。ロザミアさん、それにティアナさん……いいえ水の女神様‼　私たちをお救いくださってありがとうございます！」

「あ、あはは。アスカさん、水の女神様はやめて。そんな呼ばれ方したらすぐにみんなに気づかれてしまうわ。これからもティアナでお願いね」

慌てるティアナとアスカは顔を見合わせて思わず笑った。

「はい、ティアナさん。でも、これでジェフリーギルド長が時々レオンさんのことをジーク様って言ってる意味が分かりました」

ロザミアは大きく頷く。

「アスカよりもあっちの方がよっぽど心配なのだ」

フローラとエレナもそれを聞いて笑顔になる。

「ふふ、それもそうですわね」

「まったくです！」

そんな中、ティアナはアスカを見つめると言う。

「あのね、アスカさん。実はもう一つ貴方に言わなくてはいけないことがあるの」

「ティアナさん？」

ティアナは、それをアスカに伝える。

「そんな……本当なんですか？」

「ええ、アスカ」

ティアナから聞かされた事実にアスカの目は大きく見開かれた。

その時、店の扉を開けて三人の女性が入ってくる。

ミネルバとフレア、そしてもう一人はローブで顔を隠していた。

ミネルバの中のほむらが言う。

「あ～今日もよく働いたね！　お腹がペコペコさ。ここの料理はほんとに美味しいからね。オープンしたら毎日でも通うよ！」

「でしょ！　ほむら‼　アスカが作るヤマトの料理は最高なんだから！」

思わずほむらの名前を呼んで、しまったという顔をするフレア。そんな二人をアスカが涙を流しながら見つめている。

「土地神様……やっぱり土地神様なんですね‼　ほむらとフレア、私、何度も何度もその名前をお母さんから聞きました！　命懸けで私たちのご先祖《せんぞ》様を助けてくれた二人の土地神様！　やっぱりフレアさんは……」

ティアナがフレアに詫びる。

「フレア、アスカさんが私たちが四英雄だってことを知ってしまって……隠しておけなかったの、だってアスカさんは貴方たちに真心を伝えるためにいつも料理を作っているんだから。一緒に料理をしていると伝わってくるの」

それを聞いて、フレアは涙を浮かべる。

「アスカ、ずっと隠しててごめんね。嘘をつくつもりじゃなかったの。でも二千年前の話だなんて打ち明けられなくて。まだ私と友達でいてくれる？」

アスカはポロポロと涙を零すと頷いた。

「もちろんです、フレアさん。私たちは一生お友達です！」

「アスカ！」

フレアとアスカはしっかりと抱き合った。

それを見てほむらも目を潤《うる》ませる。

「良かったね、フレア」

「うん、お母さん」

　そう言った後、ほむらはぐぅとお腹を鳴らす。

「あはは！　それよりもご飯を食べさせておくれ。ここの料理が食べられると思ったらさっきからお腹が鳴りっぱなしでさ」

「はい！　土地神様‼」

　またぐぅとお腹を鳴らすほむらに、ミネルバが顔を赤らめて文句を言う。

「ほ、ほむら！　もう、恥ずかしいから勘弁してくれ。それに毎日あんたが沢山食べるから少し太ったんだよ」

　ミネルバの声からほむらの声に変わるとそれに答える。

「そんなこと気にするんじゃないよ。あんたが惚《ほ》れてる男は、そんな小さなこと気にする男じゃないさ。そうだろ？」

「ほ、ほむら！」

「だって、毎日一緒なんだから、あんたが強くなることとジークのことばっかり考えてるのはお見通しだよ」

「あああ！　ほんとにもう勘弁してくれ‼」

　思わず涙目になるミネルバは、とても三大将軍の一人とは思えないほど可愛らしい。

　そんな中、ローブ姿の女性がクスクスと笑う。

「それは私も同じですわ。オリビアったらいつも公務のことか彼のことばかり考えているのだもの」

「ちょっと！　ルクディナ、だからやめてってば、それは言わない約束でしょ！」

「いいじゃありませんか、ジークは素敵ですもの」

「ま、まあそうだけど！」

どうやら、ローブ姿の女性はお忍《しの》び中のオリビアのようだ。

文句は言いながらも、中にいるルクディナと楽しそうにやり取りをしている。

オリビアは、顔を隠しているローブを脱《ぬ》ぐ。それを見てフローラとエレナはお辞儀をした。

「オリビア様！」

「どうしてここに⁉」

アスカも深々と礼をした。

「王女殿下！　いらっしゃいませ」

「ふふ、アスカ、頑張ってるみたいね。それにフローラやエレナも。みんなもいるみたいだしちょうど良かったわ。今日のお昼、空からミランダが面白《おもしろ》い光景を見て気になったから、みんなも誘いに来たのよ」

王女の言葉にロザミアが首を傾げる。

「気になることって何かあったのか？　オリビア。ミランダといえばあの大きなディバインドラゴンのことだろう？」

「ええ、ずっとルクディナの器になってくれていた彼女よ。今は宮殿の私の敷地《しきち》でゆっくり暮らしてるわ」

時折都の上空を散歩するように飛んでいる巨大なドラゴンは、今では都の名物の一つになっている。

守り神と崇める者さえいるぐらいだ。

ティアナが首を傾げながらオリビアに尋ねた。

「上空から何を見たんですか？　オリビアさん」

「ふふ～ん、ティアナには言えないわね」

悪戯っぽい笑みを浮かべるオリビアにティアナは再び首を傾げる。

「とにかく、レオンのところに行きましょう。驚くわよきっと。レイアにも知らせを出しておいたから来ると思うし」

「レイアまで？　教会で何があるのだ」

ロザミアも不思議そうにオリビアを見る。

それを聞いてアスカがポンと手を叩く。

「なら、教会でみんなでお食事会はどうですか！　ジーク様……いいえ、レオンさんたちにもぜひ、すき焼きを食べていただきたいですから‼」

ほむらが少し恨めしそうにテーブルの上の料理を眺める。

「そんな殺生《せっしょう》な、せっかく夕飯にありつけると思ったのにさ」

「もう！　ほむらったら。大丈夫、家に帰ったら私も手伝っていっぱい作ってあげるから」

「ふふ、本当かいフレア。そいつは楽しみだね！」

エレナも大きく頷く。

「お母様、行きましょう！　レオン様にお会い出来るチャンスですわ‼」

「チャンスって、エレナ、はしたないですわよ」

フローラは娘の言葉に苦笑する。

「でも皆様とのお食事会、楽しみですわね。食材は商会の者にたっぷりと運ばせますわ。もちろん鰻もありますわよ」

ほむらが歓喜の声を上げる。

「鰻のヤマト焼か！　あれは私とフレアの好物なんだ‼」

「うん！」

嬉しそうなフレア。ロザミアはもう試食用のすき焼きを平《たい》らげて両手を上げた。

「そうと決まれば早速、我が家に向かうのだ！」

ロザミアの言葉に皆頷くと、教会へ向かう準備をするのだった。

準備が整い、教会に向かう一行。夕方になり日は傾《かたむ》きつつある。

ティアナとロザミアが不思議そうに言う。

「でも、何があるのかしら？」

「うむ、今朝《けさ》出てきた時は何もなかったぞ」

アスカの店のオープンの準備のため、最近は早朝から手伝いに行っている二人だったが、今朝は教会に変わった様子はなかった。

そもそも、この半年、レオンやティアナたちも町の復興のために忙しく走り回っていたので、ゆっくり時間がとれるようになったのは最近のことだ。

教会に近づくと、なにやら大工仕事でもしているような音が聞こえてくる。

キールの声が響く。

「レオン、急いでくれよ。そろそろティアナ姉ちゃんとロザミア姉ちゃんが帰ってくるぜ！」

「キール！　あんたこそ、口より腕を動かして。レオンやロックがいなかったらとても一日でこんなに立派なものが出来るはずないんだから」

「ちぇ！　まったくレナはいつだってレオンの味方だよなぁ」

文句を言いながらもキールの楽しそうな声が響く。

リーアとミーアのはしゃぐ声が聞こえた。

「凄いのですぅ！　猛《もう》スピードなのです‼」

「レオンお兄ちゃんがいっぱいなのです！」

何事だろうかとティアナたちが走って教会の正面に回ると、無数のレオンが大工道具を持って作業を続けている。

あまりの速さに残像を生じさせているレオンに、ほむらが呆れたように言った。

「獅子王ジークともあろう者が大工道具片手になにやってんだい」

八面六臂《はちめんろっぴ》の活躍を見せるレオンだったが、その声を聞いてやってきたティアナたちの方を見ると笑った。

「はは！　何とか間に合ったみたいだな‼」

リーアとミーアがティアナたちを出迎えに駆けてくると言った。

「完成なのです！」

「リーアたちもお手伝いしたのです‼」

その言葉通り、幼い手はすっかり土で汚《よご》れている。

キールやレナは張り切ったのだろう、少し擦《かす》り傷も出来ていた。

子供たちなりに頑張った証だ。

レオンはティアナとロザミアを出迎えると言った。

「やっと時間が取れるようになったからな。前に約束しただろう、教会に露天風呂《ろてんぶろ》を作るって。ティアナやロザミアも毎日頑張ってるし、少しでも疲れが癒せたら最高だもんな」

ロザミアはレオンたちの後ろに広がる木と岩で出来た浴槽《よくそう》を見て目を輝かせた。

「凄いのだ！　大きなお風呂なのだ‼」

ティアナはレオンの笑顔と汚れてしまった子供たちの手を見て涙ぐむ。

「レオン、みんな！　ありがとう！　嬉しいわ‼」

子供たちは照れ臭そうに大好きな姉とロザミアを見つめた。

「へへん！」

「おかえり、ティアナお姉ちゃん！」

「ロザミアお姉ちゃんもおかえりなのです！」

「それにお客さんがいっぱいなのです！」

そんな中、ウィンディーネが姿を現す。

そして出来上がった立派な露天風呂を見て、張り切った様子で腕をぐるっと回す。

「ふふ～ん、素敵じゃない！　ここは私の出番ね‼」

そう言って手をかざすと、空《から》の湯船に七色の光を帯びたお湯が満ちる。

レオンが困ったように声を上げた。

「おいおい、ウィンディーネの温泉はまずいだろ！　あれに入ったらオリビアたちがもう普通の風呂に入れなくなるぞ‼」

それを聞いて、オリビアがゴクリと唾を飲む。

「そ、そんなに気持ちいいの？」

「ああ、お前のことだから今度はこの教会に入り浸《びた》ることになるぞ。まったく、流石にここが王女の執務室ってのは無理があるだろ」

オリビアはそわそわしながら湯船を眺めると、フローラに言う。

「伯爵夫人、さっきお願いしたものはあるわよね？」

「ええ、水着ですね。食材と一緒に運ばせています。もうすぐ着くかと」

だが、その時にはもう何者かが白い翼を広げて湯船にダイブしていた。

ロザミアだ。

空中で器用に服を脱いで湯船に飛び込むと七色のお湯につかっている。

「おいおい、ロザミアお前なあ」

「ロザミアさん！　破廉恥《はれんち》です‼」

レオンとティアナの呆れたような声が辺りに響くが、ロザミアは幸せそうに答える。

「はぁあああ！　何なのだこのお湯は、最高すぎるのだ。とろける～」

まるで溶け出しそうにぐだっとした顔になるロザミアは最高に気持ち良さそうだ。

オリビアが叫ぶ。

「ああん！　ミランダに聞いてから私が一番だって決めてたのに‼　ロザミアってばもう！」

そんな中、レイアがやってくる。

オリビアから今日ここで集まるとの知らせを受けたからだろう。

「一体何の騒ぎなのです？」

そんなレイアの周りには沢山の子供たちがいた。

剣聖道場の子供たちだろう。何人かの子供を背に乗せたエルルも首を傾げる。

「どうしたの、シルフィお姉ちゃん」

「あはは、何でもないわエルル」

仲間たちが集まり、楽しそうな笑い声は教会からいつまでも響いていた。

数か月後、国王ゼキレオスは都の復興を成し遂げ退位し、その任を王太子クラウスへと譲った。

時を同じくして、都の中心には五人の英雄の銅像が建《た》てられた。

誰よりも雄々《おお》しいその姿は獅子王ジーク、美しく優しい微笑みを湛えるのは水の女神アクアリーテ、そして雷を纏っている英姿《えいし》は雷神エルフィウス。

同時に、三人に加えて新たに二人の英雄がその名を明かされた。

一人はジークの父親である光帝レディン。そして光の紋章を持つもう一人の英雄、銀獅子姫アデラの銅像が凛として美しい横顔で見る者を惹きつけた。

命を懸けこの星を守った英雄たち。

彼らの雄姿《ゆうし》は二度と色あせることなく、英雄紋の名と共に永遠に語り継がれることになるのである。

あとがき

この度は文庫版『追放王子の英雄紋！ 5 ～追い出された元第六王子は、実は史上最強の英雄でした～』をお買い上げ頂きまして、ありがとうございます。作者の雪華慧太です。

おかげさまで文庫版も第五巻となりまして、今回もまた執筆当時を思い出しながら原稿を読み返すことが出来ました。最終巻となるこの巻では、英雄紋に隠された秘密など多くの謎が明かされ、レオンたちの戦いにもついに決着がつきます。

そんな中でもレディンの最期《さいご》を描いたシーンは、私自身にとっても心に残るエピソードです。決死とも言うべき激しい戦いの末、ジークたちは古代人の都へとやってくる。それはルクディナの術がレディンに見せた未来の可能性の一つでもありました。

もし自分がここまで辿り着けなかったらどうするつもりだったのだ、と問うジークに「来ると信じていた。お前は私の息子なんだから」と答えるレディン。

そして、自らを犠牲にして息子に魔神を討たせる手助けをした彼は「ジーク、強くなったな。誰よりも強く。お前は私の誇りだ」そう言って眩い光と共に天へと昇っていきます。

涙を流しながらそれを見つめるジークは、自分が両親からとても強く愛されていたことを知ります。それはずっと彼が追い求めていた家族の絆だったに違いありません。

フレアとほむら、シルフィとエルル、ジークやアクアリーテとアデラ、他にも多くの絆が彼らを勝利に導きました。数々の試練を乗り越えてきたレオンたちだからこそ、ハッピーエンドにしたかったんですよね。

彼らの旅路《たびじ》を見届けてくださった皆様に、心からお礼を申し上げます。

なお、本作はありがたいことに漫画家のトモリマル様の手によりコミカライズされ、ただいま第二巻まで発売されています。もしよろしければ、そちらもご覧頂ければ幸いです。

最後になりましたが、この作品のために素晴らしい表紙や挿絵を描いてくださった紺藤ココン様、また様々なお力添えをいただいた関係者の皆様、そして、読者の皆様にあらためて感謝いたします。

それでは、また別の新しい冒険の舞台でも、再び皆様と出会えることを祈って。

二〇二四年二月　雪華慧太

アルファライト文庫

この作品に対する皆様のご意見・ご感想をお待ちしております。

おハガキ・お手紙は以下の宛先にお送りください。

【宛先】

〒150-6019 東京都渋谷区恵比寿 4-20-3 恵比寿ｶﾞｰﾃﾞﾝﾌﾟﾚｲｽﾀﾜｰ 19F
（株）アルファポリス　書籍感想係

メールフォームでのご意見・ご感想は右のＱＲコードから、
あるいは以下のワードで検索をかけてください。

アルファポリス　書籍の感想　検索

ご感想はこちらから

本書は、2023 年 6 月当社より単行本として
刊行されたものを文庫化したものです。

追放《ついほう》王子《おうじ》の英雄紋《えいゆうもん》！ ５
～追《お》い出《だ》された元第六王子《もとだいろくおうじ》は、実《じつ》は史上最強《しじょうさいきょう》の英雄《えいゆう》でした～

雪華慧太（ゆきはなけいた）

2024年 2月 29日初版発行

文庫編集－中野大樹／宮田可南子
編集長－太田鉄平
発行者－梶本雄介
発行所－株式会社アルファポリス
〒150-6019東京都渋谷区恵比寿4-20-3恵比寿ガーデンプレイスタワー19F
TEL 03-6277-1601（営業） 03-6277-1602（編集）
URL https://www.alphapolis.co.jp/
発売元－株式会社星雲社（共同出版社・流通責任出版社）
〒112-0005東京都文京区水道1-3-30
TEL 03-3868-3275
装丁・本文イラスト－紺藤ココン
文庫デザイン―AFTERGLOW
（レーベルフォーマットデザイン－ansyyqdesign）
印刷－中央精版印刷株式会社

価格はカバーに表示されてあります。

落丁乱丁の場合はアルファポリスまでご連絡ください。

送料は小社負担でお取り替えします。


ISBN978-4-434-33446-7 C0193